モハメッド・ビダ
岩坂悦子＝訳

カブール、最悪の13日間

13 jours, 13 nuits
Dans l'enfer de Kaboul
Mohamed Bida

早川書房

カブール、最悪の13日間

13 JOURS, 13 NUITS

Dans l'enfer de Kaboul

by

Mohamed Bida

Translated by
Etsuko Iwasaka
First published 2024 in Japan by
Hayakawa Publishing, Inc.
This book is published in Japan by
direct arrangement with
Les Éditions Denoël.

装幀／木庭貴信（オクターヴ）
カバー写真／Shutterstock

「どの世代も、自分たちが世界を変える運命にあると信じているに違いない。だが、わたしの世代は、自分たちがそうではないことを知っている。わたしたちの使命はおそらくそれよりも大きい。世界を崩壊から防ごうというのだから」

アルベール・カミュ『スウェーデンの演説』

二〇二一年八月十五日日曜日、タリバーンはカブールに入り、幹部たちによって無人となった大統領官邸を占拠する。それを硬直しながら目の当たりにする国民は、四十年にもおよぶ戦争と内戦で疲れきり、諦めていた。幻想と嘘とで惑わされていた何百万人ものアフガニスタン人たちにとって、これは希望の終焉であり、これからは過去の亡霊と立ち向かわなければならないことを意味する。それでも告げられるカブールの陥落は、世界を茫然自失へ、人びとを恐怖へ、集団ヒステリーの混沌へ、黙示録的な悲劇へと突き落とすだろう。この人類の悲劇的事件のただ中で、わたしはただ目の前でくり広げられる歴史を眺めていた。まさかこの苦境がわたし自身の過去のおぼろげな記憶を呼び覚ますことになるとは思わずに。

カブールにある水路のほとり、爆発と一斉射撃の喧騒のなかで何百という命が消えてなくなる死の水路で、わたしの四十年に渡るキャリアが運命という判を押されて幕を閉じることになる。わたしは薄暗い世界のなか、罠や落とし穴がちりばめられた道を進む。わたしは歓迎されていない場所に身を置き、不確かであると同時にまったく異なる世界で、他者の人生、警官、悪党、政治家、諜報員、外交官、外国人傭兵のあれこれを、穴が空くほど観察する。わたしの過去を彩る登場人物たちとその物語を。

原注は小さめの（　）で示し、訳者による注は〔　〕で示した。

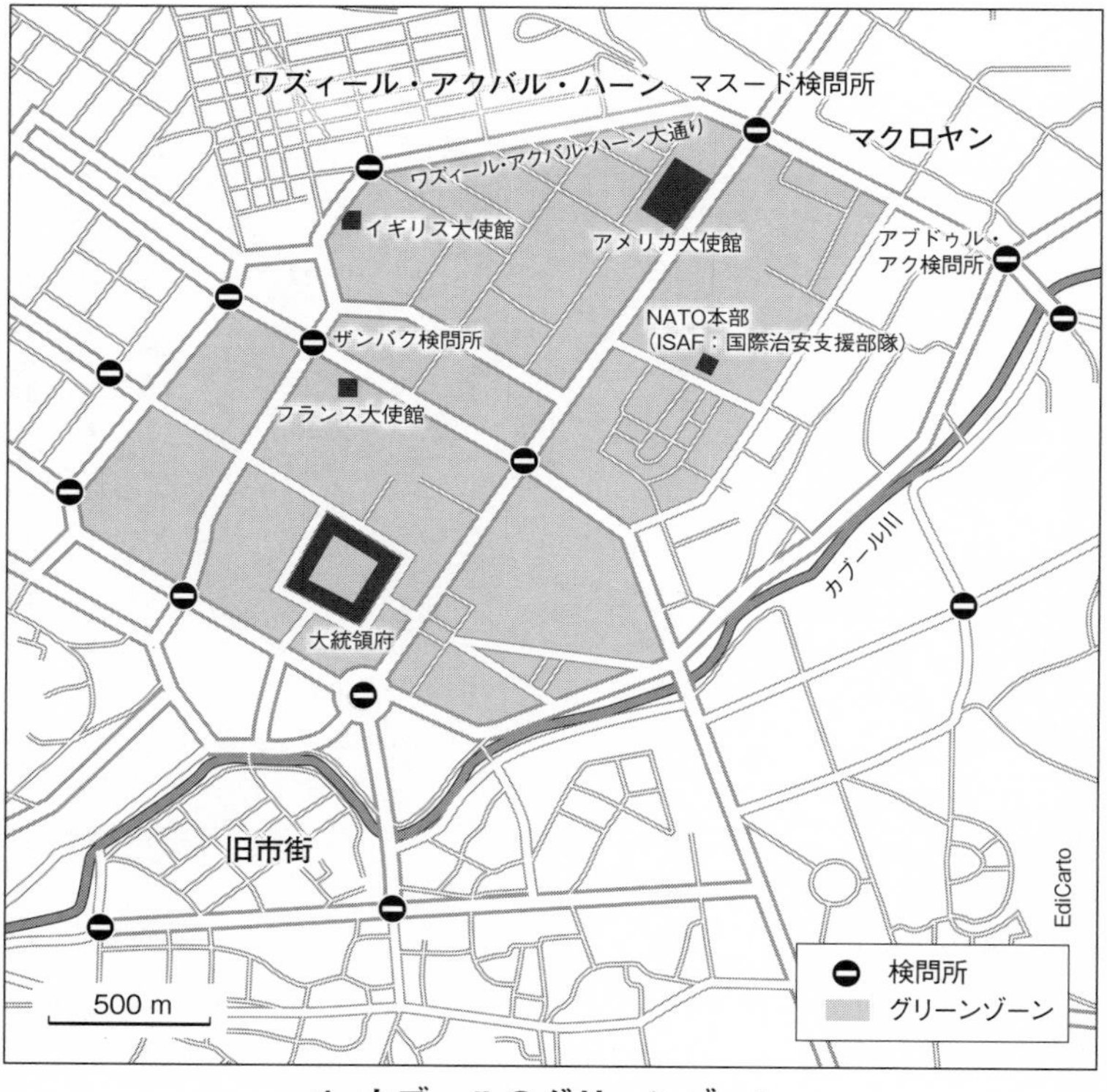

1. カブールのグリーンゾーン

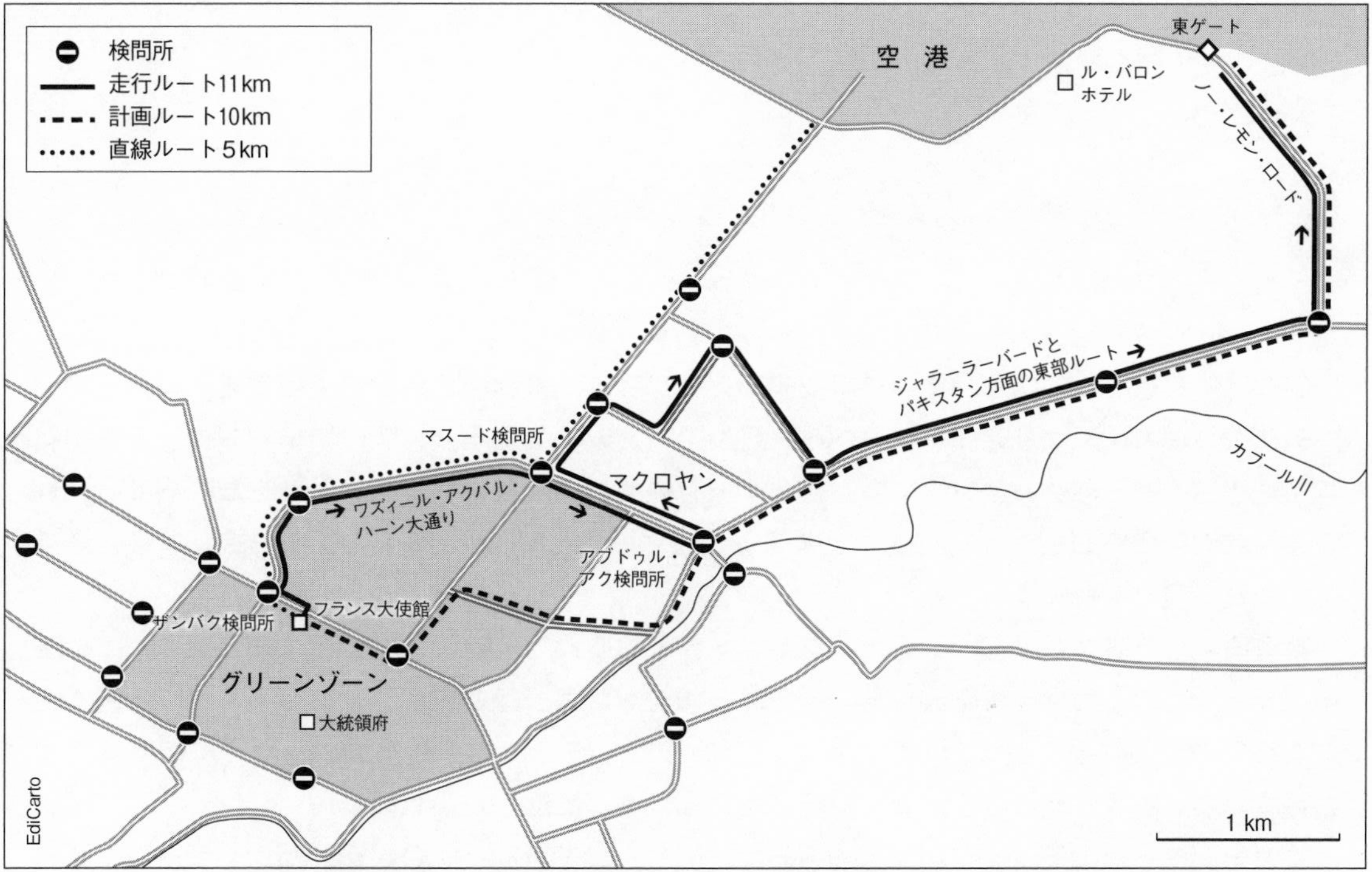

2. 2021年８月17日火曜日の夜、フランス大使館からカブール空港までの行程

序文

二〇二一年九月一日

何百人もの人が、水路のどろどろした水のなかにいる。糞とその他のごみを運ぶ、むき出しの下水道だ。色とりどりの織物やスーツケースと一緒に死体が浮かんでいる。まだ生きている者たちは岸に這い上がろうとしているが、岸のうえでも低い石垣や有刺鉄線のそばに死体が転がっている。女たちや子供の泣き叫ぶ声、死者のためにスーラ〔コーランの章〕を唱える男たちのぶつぶつ言う声が聞こえてくる。

薄暗がりのなか目を見開き、心臓をバクバクさせながら、わたしはベッドの縁に座る。三夜前からうなされつづけている悪夢でまたもや目が覚めた。飼い猫の鳴き声でここがどこだか思い出したが、それがなかったら急いでジーンズを穿いて水路に走って探しに行くところだった。誰を？　わからない。知らない人たちの顔がひっきりなしに夢のなかに現れる。

外はまだ暗かったが、わたしは起きあがり、家の庭に出て、九月の最初の夜の心地よさを体に感じる。もうすぐ夏が終わる。星を見上げ、カブールの夜を照らしてくれていたのと同じ星を見つける。あのときと同じようにひそかに、神秘的に輝いている。

わたしは今というこの瞬間を、静けさを、草木の香りの染み込んだ新鮮な空気を噛みしめる。背の高い草の陰から、なにかちいさな生き物が、花壇に沿って薄暗がりのなかへ潜りこんでいくのに気づく。二年前に見たあのハリネズミだ。あれ以来見ていなかった。真夜中にふたたび現れるなんて、驚きの再会だ。帰国した翌日にもらった、おかえりの合図のような気がした。希望と安全の象徴のような。

序章

世界で最も危険な町

二〇一六年九月、カブール

二〇一六年夏の終わり、フランス国家警察、〝パリ警視庁〟での長く充実したキャリアも晩年にさしかかった頃、わたしはアフガニスタンの首都カブールに到着する。快適で退屈なパリ勤務を捨てて、最後の挑戦に立ち向かうことにしたのだ——麻薬売買とテロとの闘争だ。世界中の大麻生産量の実に九十八パーセントを占め、二十ものテロ組織のあるこの国で。そのなかでも最も恐ろしいのがタリバーン、アルカーイダ、ＩＳＩＳである。

わたしはアフガニスタンについてまったくの無知だ。知っていることは、ジョゼフ・ケッセルの小説『騎馬の民』と、パリ時代、内務省の国際協力局で働いていたときに定期的に読んでいた文書から得た情報だけである。

ドバイからカブールに向かう飛行機のなかから、アフガニスタンという国の景色をじっくり観察する。山と岩が広がり、小石と砂ばかりが目に入る過酷な土地から、わたしの任務の厳しさもうかがえる。飛行機から降り立つやいなや、わたしを護送するために急ぎやってきた車に乗りこむ。リアウィンドウが割れている。車体の装甲は二重になっていて、「空港に来る途中で浴びせられた射撃をかいくぐってきたんだ」と、新しい同僚のFXはわたしに説明する。このからかい好きな大男はベテラン警視で、退屈な大人たちに囲まれていたなかでようやく遊び仲間を見つけたときの子供さながらに目を輝かせてわたしを迎えてくれる。

二〇一六年のカブールでは、脅威が姿かたちを変えながら絶え間なくつづいていた。週に一度はテロが起こる。月に二度、グリーンゾーン――大使館エリア――に向けてロケット弾が発射される。そのほとんどが、近隣地区の建物にあたってしまうが。あまりにも危険な国なので、フランス大使館職員たちは家族を連れてくることもできず、上部に鋭利な有刺鉄線のはりめぐらされた高さ八メートルのコンクリートブロックでできたTウォールの内部で外界と接触することなく生活し、働いている。カブールでは、安全地帯のグリーンゾーン――建物のセメント、道路に敷かれた砂利、砂袋を積んだバリケードなどのあらゆる灰色に満ちた非占領地帯――に各国の大使館が集中している。

ごく稀に移動するときは、装甲車両と防弾チョッキが必須である。三カ月に一度、フランスで休暇を過ごすためにグリーンゾーンと空港間を行き来する。九十日間の幽閉生活のあと、頭をすっきりさせるために二週間の休暇が与えられる。さらに運のいい外交代表は、大使館エリアの中心地にあるNATOの本部からヘリコプターを出してもらえる。値段は高くつくが、テロのリスクのない分安全だ。

グリーンゾーンのなかには、パトロールをしている民間警備会社の警備員くらいしかいない。

そのほとんどがまともに訓練されていないアフガニスタン人で、大使館専用の検問所に張っている。多くがぶかぶかのヘルメットをかぶり、布製のベストを着用し、そのしたに大きな口径の弾丸にはまったく役に立たないであろう防弾用の鋼板をすべりこませている。だが大抵の場合、彼らは自分たちを守る術をなにも持ち合わせていない。最大限の利益を得るかたちで大使館と契約した警備会社は、自分たちの私腹を肥やし、社員には最低限のもの、主としてカブールに遍在するテロ組織やタリバーンが好んで使う小銃のカラシニコフ一挺しか与えていない。それもふたりでひとつを共有することもしばしばで、そのうえソ連侵攻時代の古いモデルのものである。

わたしが到着した日の夜、さっそくタリバーンがロケット弾を放ったために大使館地下への避難指示が出た。グリーンゾーンで不意に起こるこのお決まりの行動から解放されたいからか、常に軽快さとユーモアを持ち合わせているFXは、車のリアウィンドウの話は冗談だったんだとわたしに話して楽しんでいる。運転ミスをして自分で壊してしまったらしい。FXの笑い声、コンクリート掩蔽壕《えんぺいごう》、われわれの周りに落ちるミサイル……わたしを待ち受けているものの前兆だ。わたしのモチベーションはなんら変わらない。

数日後、わたしは幻想を捨てはじめる。移動制限の罠にかかっている気がして、閉塞感を覚える。見渡すかぎり内部を囲む壁と、ギザギザのアンテナだらけの遠くのほうに見える丘と、催眠術にかける振り子さながらに一定に弾が飛び交い、住宅の屋根を削るヘリコプターが飛び交う紺碧の空しかない。大使館では、誰もが諦めている。皆この刑務所暮らしに甘んじているようだ。注意勧告にあまり気を留めず、皆と一線を画しているのが、FXだ。彼が国内治安総局副官としての職務を行っているからかもしれないが、彼にとって安全というのは、他のすべてのものと同じで、厳正さが最も求められながらも偶然というどうすることもできない掟が合わさる問題をはらんでいるものなのだ。大使館における彼の主な仕事は、アフガニスタン内務省との関係を築くことである。協力をし、フランスの警察にとって有用な情報交換をすることだ。

ＦＸは背丈が二メートル近くあり、毛づくろいのされていない熊のような歩き方が本当の彼の姿を隠している――ベテラン司法警察官で、カブールでの暮らしを味わっている楽天家。ある種の自由電子と言えるかもしれない。だが実際、他にどうしろと言うのだ？　大使と外務省の人間のみ移動の際に護衛がつく。他の者は皆それぞれのやり方で、可変幾何学の法則と歩み寄りながら、自ら切り抜けるしかない。だからＦＸはひとりで、内務省で働く同職者のアフガニスタン人たちのところへ出かけていき、できるかぎり〝街でご飯を食べる〟。警視仲間であることと、連帯感に駆られて、わたしも便乗することにする。ＦＸとわたしはいつも一緒にいるようになる。それからというもの、実際にわたしたちに影響力を持つ者などひとりもいなかった、大使を除いて――少なくとも大使自身はそう思っている。

ボッカチオ

二〇一六年九月、カブール

ちょうどグリーンゾーンの境界線あたり、われわれのいる複合施設から数百メートル離れたところに、ボッカチオというイタリアンバー兼レストランがある。カブールで唯一、酒類販売の許可が出ている店でもある。カブールの政治家の名士たちや高級官僚たちがこぞって訪れる。おそらく店主のジョセフには、知らない人や知らないことなどないだろう。興味深い情報をたくさん持ち、好きなときにそれを引き出せる。また、レストランの二階はもはや兵器工場と呼べるほどで、すこしばかり飲みすぎた夜にときどき客に見せびらかすのである。

ＦＸはカブールで暮らすようになってすでに二年ほど経つのだが、まだ一度もその店に足を踏み入れたことがない。それは習慣からなのか、あるいはわざわざ新たな禁止行為を犯してまで行くのは面倒臭いからなのかもしれない。誰もがその店を話題にするが、窓のない架空のようなレストランの壁の奥でなにが起こっているのか実際に知っている者はひとりとしていない。限られた特別な客たち、麻薬密売人、政治家、秘密諜報員に関する噂は風のように駆け抜ける。そしてそれらが幻想を膨らませ、わたしの好奇心をくすぐる。ある夜、会議が終わって部屋を出るときに、わたしはＦＸを誰もいない事務室に引っ張っていき、ボッカチオへの〝新しい試み〟を、不可視のカブールへの禁じられた冒険を持ちかける。

窓のないコンクリート壁に開けられた穴のドアから入っていく。入り口には仕切り棚があり、表向きには店内持ち込み禁止の武器を各々預けることになっている。だが実際のところ、仕切り棚が使われることは永遠にない。室内の雰囲気は、どちらかというとアメリカ西部の酒場という感じだ。どの客も武器を隠し持っているか、堂々と携帯している。椅子に座って、ひと瓶二、三百ドルするウイスキーやウォッカを飲んでいる。

ＦＸもわたしも、武器なしで出かけることはない。だがそのままレストランに入るには、入り口にいる警備員と根気強く交渉しなければならない。出口のない議論に店主が割って入ってきて、〝隠し持つ〟ならいいと言ってくれる。わたしは店主の上着の裾が盛り上がっていることに気がつく。彼は誇らしげに微笑み、わたしに自分のピストルのメーカーや口径、そして技術的な特徴を教えてくれる――ピストルを持っている多くの誇張癖のある人たちがそうするように。

ボッカチオにはほとんど外国人はやってこないので、店主は明らかに売り込むべき将来有望な職員としてわたしたちを見ている。彼はわたしたちに店内を見せて回ってくれて、とりわけ七十以上の銘柄のウイスキーとウォッカの並ぶバーに案内してくれる。レッドカーペットのうえを歩き終わると、店内中央にあるテーブルを勧めてくるので、わたしは丁寧に断る――「壁を背にするほうがいいので」。彼はわたしの返事をおもしろがり、わたしの耳元でささやく――「ここではご心配はいりませんよ。ちゃんとした人しか来ないので」

二十分後、ＦＸとわたしは店の隅で味のないまずいビールと一緒にピザを食べながら話をする。バーの壁上部に固定されたスピーカーから西洋音楽が漏れ聞こえる。ひとりの四十代のアフガニスタン人、大柄で明らかにほろ酔い加減の男が、わたしたちのテーブルに近づいてくる。わたしたちがいることに興味を持ったのだろう。

「やあ、おふたりさん、調子はどうよ？」と完璧な英語で、葉巻をくわえながら訊いてくる。「調子はいいよ」とＦＸはそっけなく答え、またわたしと会話をはじめる。邪魔者を無視しながら話していたら、男は去っていく。

しかし数分後、ウイスキーとウォッカを手にまた戻ってきて、わたしたちの前にどんと置いて自分も席に着く。「飲んで、おふたりさん！」とあいかわらず葉巻をくわえたまま言う。

男は、店の反対側に座っているスーツ姿の同僚たちとはいで立ちが違う。腹が見えてしまいそうなほど体にぴったりしたTシャツを着ていて、ジーンズに巻いたベルトからはピストルの銃床がはみ出ている。男はグラスいっぱいにウイスキーを注ぎ、わたしたちに飲め飲めと催促しながら、質問を浴びせてくる――「あんたたちは何者だい？」「どこから来た？」「カブールでなにしているんだ？」「警察関係者か？　土建関係？」「ビジネスマン？」……

わたしたちは黙って質問には答えない。わたしたちのテーブルには誰も居座らせない――それがルールだ。やがて男は自分のことをべらべら話しだし、それによると、ビジネスマンである彼はアフガニスタンで最も金になる商業契約を扱っているらしい。「俺が誰だか知らないか？　あんたたちに言っておこう、俺はアフガニスタンで一番やり手の企業家だ、アメリカ人たちと仕事しているんだからな！」

わたしたちは無視しつづける。このビジネスマンはいらだちを募らせ、いきなり後ろポケットから百ドル紙幣の分厚い束を取りだし、一枚いちまい、一種の恍惚としたカウントダウンかのごとく数えると、火をつけて、肩越しにぽいと放り投げる。「俺は金を稼いでいる、大金を」と挑戦的な目つきで言う。「本気にしてないだろう……俺にとって金なんてなんでもない。どうでもいい！　いつでも持ってる……好きなだけ手に入る！」

ドル紙幣は金の火花を散らしながら煙となって消えてゆく。店内の客もウェイターも、月給の一枚いちまいが灰になるのをこわごわ見つめる。バーカウンターの後ろで、店主もこの情景を眺める。顔からは緊張と気まずさが見てとれる。紙幣はまだ床のうえで燃えている。それ以上耐えきれず、カウンターから出てきてわたしたちのテーブルに近づき、拾い集めようとする。だが、男が店主にさがれと合図する。片方の手を銃床に置きながら。

わたしたちは微動だにせず、感情も表に出さずにいる。司法警察の大ベテランが、フランスで大型犯罪事件を起こした大犯罪人と対するときにいつもやるように。もちろん、男は武器を持っているが、アルコールと武器は合わない。この間抜けがまたたらたらと話すのを、警戒を緩めずに聞く。まだこのばかげた演出をやるつもりなのか？　どこまでいったら気が済むんだ？　他の客たちは黙りこんで、気づかれないように出ていく者もいる。重い沈黙が店内に広がる。

この実業家の同僚たちのテーブルでは興奮が高まる。あいつはやりすぎだ、でも誰が止めに入る？　わたしはＦＸに目をやり、彼もわたしを見てくる。互いに了解する。事態をおさめよう。あらゆる挑発をかわし、どんなにこの男が不快だろうと、一緒に酒を酌み交わすしかない。すると突然、誰かが男の腕をつかみ、椅子から立ちあがらせる。猫のようにこちらに近づいてきた、また別のアフガニスタン人だ。黒い瞳で一瞬わたしたちを見つめてから、くるりと振り向いて邪魔者の耳になにかを命令するようにささやく。実業家の男が体をこわばらせしきりに謝りだすと、同僚の者たちもまるで一体化したかのようにいっせいに立ちあがる。そして一人ひとりわたしたちのテーブルにやってきては非を詫び、レストランを去っていく。

わたしたちが礼を言うべき男がじろじろ見てくる。背が高く、痩せて、あごひげはなく、きれいに手入れをされた口ひげがある。上はワイシャツとブレザー、下はジーンズとテキサス風ブーツを履き、茶番劇のためにカブールにテレポートしてきたカウボーイのようだ。あとはステットソンの帽子さえあれば、衣装は完璧だ。そして彼もまたひと言謝ってから、数百ドルの無に帰した灰を巻きあげながら去っていく。店から出るとき、もう一度わたしたちに向かって言う――

「お願いです、どうぞそのままいてください。お食事をつづけてください。あなたたちは歓迎されていますから」

この男はアフガニスタンの諜報機関で主任をつとめる男だった。そのことを、二年後に再会した際に知ることになる。テロとの戦い方に関して、ふたりで穏やかに、だが正直に互いの相いれない見解を話し合う際に。意見は対立していても、わたしたちは親しい友人になる。

国外反麻薬共同体

二〇一六年十月、カブールとヘラート

ＦＸとわたしは、われわれの国際協力における活動拠点である内務省を定期的に訪れるが、アフガニスタン人の上層部の家にもよく招かれる。それこそがわれわれの活動の特徴であり、双方の関係を築くための土台となっている。われわれの協力活動のための予算は、アメリカやイギリス、ドイツ、ロシア、中国、さらにはトルコのそれに比べてもあまりに少ない。その一方、われわれが一番アフガニスタン人たちとのあいだで実用的な情報交換ネットワークを持っている。われわれだけが職務上においてもプライベートにおいても頻繁に会うようにしつづけているが、それをするのとしないのとでは大きな差がある。

カブールにおいて、わたしは麻薬取締官のなかで中心的な位置を占めている。毎月、わたしは三十四人の他国の同僚をフランス大使館に呼び集める。いずれも国外反麻薬共同体、通称ＦＡＮＣの地域ネットワークのメンバーだ。この場は中立地帯とされ、誰もが例外なく同じテーブルにつくことを了承している。アメリカ人、ロシア人、中国人、イラン人、と他にもいるが、彼らはたとえ直接話すことはないにしても、同じ空間でとなり合って座ることを受け入れている。

クロワッサンと一緒に紅茶やコーヒーを飲む時間になると、途端にのうのうとした〝銃使いのおじちゃんたち〟による、偽善者たちの集会と化す。互いに話すこともなく、なにかが起こることもないし、このテーブルでなんらかの計画が持ち出されるなんてこともない。実際、すべては舞台裏で進められる。本当に実用的な情報交換をしたければ、そして互いの戦略を知りたければ、集会がはじまる前に来て最も遅く帰らなければならない。集会の発案者であるわたしは、グリーンゾーン内で実際に影響力のある者たちが巧みに漏らし交わす情報を聞きだすことのできる、まさにうってつけの立場にあった。

わたしは頻繁に麻薬対策副大臣を務めるバズ将軍と連絡をとりあう。愛想がなく複雑な男で、カブールにあるフランス情報局によると、アフガニスタン北東部で密売を牛耳る麻薬王とのことだ。彼こそがわたしやＦＡＮＣの同僚たちすべてにとって話をするべき相手でもある。警戒すべきか？　はい、だ。連絡をとりあうべきでないか？　いいえ、だ。これは良識の問題であり、現実原則だ。

わたしはカブールに到着してから数日後にバズ将軍と出会った。彼はアフガニスタン北部ヒンドゥークシュ山脈沿いに位置するバダフシャーン州の出身で、アフマド・シャー・マスードの下でムジャヒディンとして従軍した。彼は対ソ連軍への抵抗から対タリバーンへの抵抗まであらゆる戦争に参加し、それによって他の多くのムジャヒディンと同様、評価や肩書、そして役職を得た。

色つき眼鏡を通して、彼の細い黒目と、われわれを頭のてっぺんからつま先まで観察するベテラン兵士の眼差しがうかがえる。バズは背が低く、話すときはいつも数珠をまさぐりながら穏やかに、淡々と話し、話し終わるとその数珠を機械的にまたポケットに戻す。だが間違ってはいけない、彼はおそるべき男である。まばたきひとつですべてを動かすこともできるし、止めることもできる男なのだ。

わたしとバズの関係は良好である。ある日彼は、ついいつもの誘惑作戦を仕掛けてきて、麻薬密売ネットワークの解体および薬物研究所の破壊作業が行われるヘラートに一緒に行かないか、と誘ってくる。他の大使館の同僚たち同様、わたしも辞退するだろうと彼は踏んでいたが、わたしはこう答える——「そのようなお誘いを受けて光栄です。辞退すれば失礼にあたるでしょう」。彼の顔がこわばる。彼が戸惑うところを見るのはこれがはじめてである。一瞬躊躇してから、作り笑いをうかべて訊いてくる——「怖くないんですか？　自分の安全が脅かされると心配にはなりませんか？」

二〇一六年の十月中旬。非常に敏感な時期で、アフガニスタンのシーア派コミュニティにとっては危険の多い時期だ。毎年、モスクにいるときや大きな集会があるときに彼らはテロの標的にされる。カブールでも、今週だけですでに二件のテロが遂行された。イランと国境を接し、多くのシーア派が集まるヘラートでは、緊張が最高潮に達している。

出発の日が近づいてきたが、わたしのこの遠出に関して、大使館で全員の同意を得られずにいる。アフガニスタン人たちはわたしに、どれだけ安全面でのリスクがあるかということを引き合いに出しながら、さんざん警告してくるが、それでもわたしが一向に怖がらないところを見てとると、今度は、対麻薬電撃作戦がいかに意味のないことかということを述べてくる。「わかりますか」とわたしを説得することはできないが説明する。「この作戦を見たところで、アフガニスタンの麻薬対策局の仕事のやり方を把握することなんてできませんよ」。なんらかの現実を隠したいのだということがありありと見てとれる。治安部隊の腐敗、統計操作、地方の元締めたちの密輸支配等々、どれもわたしの好奇心をかきたてるばかりである。おかしなことに、対麻薬特殊部隊によるこの作戦は、わたしたちがヘラートに到着する四十八時間前に遂行される。副大臣バズは慌ててわたしに連絡してきて、〝作戦上の都合で〟作戦遂行は早まったが、予定通りわたしたちは行きましょう、と言う。

ようやくわたしたちは西へ向けて、地元の航空会社の飛行機に乗って出発する。結局、今回の旅では、地方で押収した麻薬の廃棄作業を見ることとなった。副大臣バズには、麻薬取締局の将軍と大佐の一団、そして歯にいたるまで全身武装した四人の護衛がついている。

ヘラートに到着すると、地方高官一行と三十人以上の武装した警備員が待ち構えており、数百メートルにも連なる二十台ほどの輸送車のひとつに乗り込む。サイレンをうならせながら街を通り抜けるわたしたちの車を囲んで走る小型トラックには、重機関銃のついた砲塔が装備されており、その銃先は、眉ひとつ動かさずにこの法外なパレードを眺めている野次馬たちに向けられている。

ほどなくして市街地の治安維持施設に到着する。まさに要塞である。副大臣は、部下が押収した品物の在庫を見せてくれる。波打つ瓦屋根のした、息詰まる空気のなかに、何百という包みが並べられており、それらからねばねばの黒い液体が染み出ている——暑さで溶けだしたアヘンだ。そこには二十五トン近く置かれており、その他に五トンのヘロイン、数百キロの大麻、研究用の材料、数千ものメタンフェタミンの錠剤、武器、爆発物がある。建物内の別の場所には、密輸入されたアルコール類もあり、ドバイから運ばれた一万四千本ものジョニーウォーカーレッドラベルのウイスキー瓶が置かれている。それらすべてが青空のもと、巨大バーベキューで焼かれることになるのだ。

翌朝、われわれはものものしい車両行列で焼却現場に向けて出発する。現場は市街地の外、石だらけの人気のない場所だ。当局者、僧、軍人など十数人がすでに到着し、驚くべき舞台装置の真ん中に据えられた巨大な白テントのなかに座っている。われわれの周りには治安部隊が配置され、遠くのほうに、装甲車両が何台かあるのが見える。装甲車の大砲と機関銃は、稜線のほうへ向けられている——その背後に、タリバーンの陣地があるのだ。

人びとが集まっているところの正面、百メートルほど離れたところに、堆《うずたか》く積まれた何トンもの麻薬が白いシートに覆われてそびえ立ち、シートのしたで火葬されるのを待っている。しかし確かなことはなにもわからず、はっきりと見えないようになっていることにわたしは驚く。それとは反対に、酒瓶のほうは箱から出され、一本いっぽんきれいに並んでいる。なにか仕掛けでもあるのか、数を操る手品師でもいるのだろうか？　この舞台を前にして微笑まずにはいられない。昨日見た一万四千本にはほど遠い。来る途中で振る舞われたのは明らかだ。

とうとうセレモニーがはじまり、祈りの儀式で幕を開ける。それから地元の要人たち、政府の代表者たちの演説がつづき、そしてバズの犯罪組織やテロリストたち——その多くが麻薬取引の拡大にかかわっている——に対する最も長くて最も執念深い演説が行われる。バズは松明を手にすると、観覧席と火刑台のあいだにつけられたガソリンの染み込んだ一本の筋へと悠々と歩いていく。ガソリンに松明を近づけると、瞬く間に火がつく。火は長い筋をゆらゆら揺れながら走っていき、麻薬の山にぶつかる。鈍い爆発音とともに麻薬に火がつき、黒いきのこ雲が噴出し、灼熱の爆風がこちらに向かって吹いてくる。歓喜の声と拍手喝采が起こる。あたりは煙が充満し、早くも息苦しくなってくる。人びとは互いに祝福の言葉を交わしながら、ときどき酒瓶が爆発する音の鳴る巨大バーベキューを背景に、一緒に写真を撮る。

わたしはこのとっぴな情景を眺めながら、数メートルの高さの炎に魅了されると同時に、空気に染みるどぎつい臭いに気分が悪くなる。燃えさかる炎のうなる音が聞こえる。大きな黒い塊が炎のなかで動き、ゆっくりと数メートル転がってから崩れる。タイヤだ。火刑台の土台となる部分に、トラックの大きなタイヤがあるのがいまはっきりと見てとれる。驚いているのはわたしひとりで、招待客のひとりに訊ねると、にやりと笑いながら、「タイヤだって？　燃料のためさ！」と答える。

部下たちに囲まれ、この場を去ろうとしているバズのほうへ近づいていき、わたしはウィンクをしながら言い放つ——「タブリク！」——ダリー語で「おめでとう」だ。わたしがこの作業に対して、彼の見事なぺてんに対して、あるいは同時にその二つのことに対しておめでとうと言っているだろうか。彼の策略をわたしが見抜いたことを、彼はわかっているのだろうか。

十五年の歳月と何十億ドルという金をかけて、アフガニスタンの麻薬対策局と国際共同体がやってきたアフガニスタンにおける麻薬密売に対する闘争の結果がこれだ。認めざるをえない、この闘争は徒労に終わった。要するに、不毛な闘争だったのだ。だが、密売を根絶することはできなくても、少なくとも規制しようとはした。麻薬によって得る金が活動資金の大半を占めるタリバーンの財源を奪うことが主たる目的だったアメリカ人たちも、おそらく同じことをしたのだろう。密売によって私腹を肥やすことと、それに連動して起こる汚職に対する闘争というのが優先事項として掲げられていたが、実際には、誰もがそこから目を背け、このアフガニスタン人の対話者のごまかしや見せかけとその回りくどい関係にのらりくらりと甘んじていた。

欧米の存在

二〇一七年、アフガニスタン

数カ月のあいだで、内務省やFANC、そしてNATOにおいて多くの人たちと出会い話し合いを重ねていったことで、わたしのこの国に対する見解、とりわけその政治的不安定さと部族間対立に対する見解は洗練された。どこが行き詰まっていて、どこが不調和なのか、どのような局面に相対していかなければならないのか、より見極められるようになってきた。それと同時に、アフガニスタンにおける欧米の存在理由がますます揺らいでいることもわかってきた。

二〇〇一年九月十一日のテロ後、アフガニスタンにアメリカが介入し、二カ月でタリバーン政権を転覆させ、テロ組織アルカーイダの脅威を根絶した。だが、アメリカの存在は同時に別の野望も示していた。すなわち、タリバーンの復活を阻止し、アフガニスタン政府の支持を拡大して国を再建するための戦略――NATO主導の国際委任に基づいた――を実行することである。しかし二〇〇四年以降、パキスタンの部族地域で、タリバーン運動の大半を占めるパシュトゥーン族の居住地域において、デュランド・ライン（一八九三年十一月十二日、〝鉄のアミール〟と呼ばれたアフガニスタン国王のアブドゥッラフマーン・ハーンと、イギリス領インド帝国の外相サー・ヘンリー・モーティマー・デュランドが、イギリス領インドのこの地域における勢力圏を決定するための話し合いをカブールで行った。一九四七年にパキスタンがインドから分離独立してからは、この二千六百七十キロメートルにもおよぶ国境が、今日ではアフガニスタンとパキスタンとの国境を成している）に沿ってタリバーンの政治・軍事組織が再建されはじめる。組織は再編成され、自爆テロと領土の奪取を増加させながら、アフガニスタンの土地で膨らんでいった。約十五年後の二〇一六年、タリバーンはかつての勢力範囲を越えて領土を南と東に、パキスタンに迫って拡大した。

二〇一七年、彼らの影響力は、西はイランと国境を接する地域、北は旧ソ連のウズベキスタン、タジキスタン、トルクメニスタンらとの国境付近にまでおよぶ。アフガニスタンの三十四州のうち十州でタリバーンが強い敵対勢力となっている。

アフガニスタン再建のためにアメリカが数千億ドルをかけた〔一九四五年から一九五一年にかけて行われたヨーロッパ復興のためのマーシャル・プランにかけられた総額と比べて六倍にもなる〕ものの、数年間の行き詰まりの末、国連の人間開発指数ランキングでは百八十九カ国中百六十八位となり、アジア諸国のなかで最下位を占めた。

アヘン生産量は年間約九千トンで、五十万人の雇用と約九億ドルの推定資源をもつ、国内最大の産業である。この地下経済は、アフガニスタンの国民総生産のおよそ二十から三十二パーセントを担っている。そして、ケシを栽培する小農家、密売を組織する仲買人、アヘンやヘロインを生産する組織、腐敗した役人たちに利益をもたらす。麻薬を非難しながらも聖戦の名のもとに課税するタリバーンにもしかりだ。

アフガニスタンは世界で最も危険な国に分類されている。治安の悪さは、主に政治情勢と反乱戦争に起因する。毎年犠牲者の数は増えるいっぽうで、二〇一七年には民間人の犠牲者がおよそ一万一千人にものぼり、そのうち死者が四千人、負傷者が七千人となった。

国はほぼ内戦状態となり、テロ組織がつぎつぎと立ちあげられ、アメリカの諜報機関によるとその数はおよそ二十一にのぼる。反乱の多くはタリバーン指導によるもので、人員はおよそ六万五千人から七万五千人と推定される。彼らは構造化・組織化されており、国中で活動する陰の政府を構成する政治・行政部門も持っている。軍事面でも、武装した戦闘部隊を持ち、そのなかには強力な特殊部隊〝レッド・ディヴィジョン〟もある。また、テロリスト派閥のひとつ、〝ハッカーニ・ネットワーク〟という、近年で最も死者を出しているテロ行為を実行する組織とのつながりも有している。

国のほぼ全土にわたって、タリバーンは存在している。

タリバーン運動はいまでも、イスラム国を除いた、アフガニスタンで活動するすべての地域および世界のテロ組織の主要なパートナーとなっている。タリバーンは、彼らの庇護のもとで勢力を拡大し、アフガニスタンで数を増やしているアルカーイダとも、依然として密接なつながりを保っている。

ダーイシュの地域支部、イスラム国ホラーサーン州が二〇一五年に設立された。アフガニスタンでは、イスラム国家主義のみを目指すタリバーンに失望した者たちをイスラム国が取りこもうとした。独自の目的を掲げ、パキスタン部族地域に近い山岳地方や、北は旧ソ連のイスラム共和国群の国境付近を中心に、入植戦略を導入している。

国家の統一性は、政治機構内の分裂によって常に弱まる。そしてそれは同時に、アフガニスタンという国がいかに多様性や部族精神に富み、また、強力な軍閥の組織する封建制度によって成り立っているか明らかにする。北西から北東にかけて、ウズベク人とタジク人の〝お偉方〟が地方帝国を築いた。パンジシール渓谷の聖域では、マスード司令官の後継者たちが支持者を集めてはいるものの、いまだにタリバーンの脅威にさらされつづけているこの地域では、なかなかかつてのヒロイズムを体現することは難しい。国の中心地では、シーア派少数民族ハザーラ人がたびたび血なまぐさい迫害を受け、自分たちを守ってくれるはずの政府軍をもはや信用できなくなっている。イランから武器の支援を受け、ハザーラ人の民兵は自分たちで居住地区や礼拝所の安全を守ろうとしている。イランからは武器だけでなく、およそ一万五千人から二万人の熟練した戦闘員を擁するファーティマ朝旅団〔イランに亡命したアフガニスタン人難民のなかから強制的に招集された、アフガニスタンのシーア派少数民族ハザーラ人戦闘員からなる民兵組織のこと。バッシャール・アル＝アサド政権の支援のため、シリアにも送られた〕の支援も受けている。

ロシア帝国とイギリス帝国のあいだに起こった植民地・外交争いを指す〝グレート・ゲーム〟〔一九〇一年に出版されたラドヤード・キプリングの小説『少年キム』によりこの表現が広く使われるようになった。帝政ロシアとヴィクトリア朝イギリス間の、十九世紀アジアにおける地政学的戦略と覇権争いを表している。両国に挟まれたアフガニスタンは植民地争いの主な舞台となり、現在の国境が設定されるに至った〕の舞台であったアフガニスタンは、それに端を発するまた別のゲームの中心にもなっている。すなわち、一九四七年に、イギリス領インド帝国の血塗られた分割から生まれたインド・パキスタン間対立である。タリバーンがカブールで権力を掌握するうえで（一九九六〜二〇〇一）、パキスタンの影響力はインドと対峙する際の強力な切り札となって有利に働いた。二〇〇一年の終わりにタリバーン政権が崩壊すると、パキスタンはアフガニスタンの舞台から降ろされたが、ハッカーニ・ネットワークにアフガニスタンにおける戦いをつづけさせながら、自国内にタリバーン本部を置くことで、重要なカードは手元に残した。一方、インドはタリバーン崩壊とパキスタンの失脚に乗じて、アフガニスタン復興の最大のスポンサーの一国となり、独自のネットワークを築き、主導権を握ろうとした。二国間の対立はアフガニスタンの議題となった。しかしこの地域図は中国、ロシア、イランなしには語れない。これらの国々もアフガニスタンとその富、そしてなにより中央アジアの交差点に位置する戦略的な位置づけに対して、野心と興味を隠すことなく示している。

このような背景のもとで二〇一七年にホワイトハウスに現れるのが、投資収益率のことしか頭にない実業家、ドナルド・トランプである。毎年五百億ドルかかっているアフガニスタンは、当然収益性がない。巨大な金食い虫である。有志連合による戦争は、主に航空機やミサイルを使用しているためコストがかかる。百万ドルするミサイルひとつで無力化できる戦闘員は一人かせいぜい三人というのが相場だ。そのうえ、二〇〇一年の軍事介入以来掲げている目標達成には遠くおよばない。それどころか首都を含む国内の治安は悪化の一途をたどり、政治的不安定と対立によって弱体化した政府は国を部分的にしかコントロールできていない。だが、アメリカ大統領はアフガニスタン問題をうまく解決するつもりでいる。彼は、自分には解決策があり、そのために一千万人が死亡するだろうと恥ずかしげもなく主張する。彼の暴言と暴挙に慣れてしまっていたため、一年後にタリバーンたちとの直接交渉によってはじまった彼の撤退作戦を、誰も予想だにしていなかった。

信用の証として、二〇一七年四月十三日、彼はダーイシュの戦闘員たちにアメリカの保持する最も強力な非核爆弾をお見舞いする。〝すべての爆弾の母〟と呼ばれるその爆弾の重さは約十トン、爆発力はTNT換算で約十一トンにもなる。それまで実戦では使われたことがなく、フロリダでの実験の際には、三十キロ以上離れたところからでも見える巨大な粉塵雲が発生した。

アフガニスタン東部アチン地区の山岳地帯に落とされた爆弾は、風景をがらりと変えてしまった。しかしながら、結果はさんざんなものだった――殺害されたイスラム国戦闘員は三十六人。ハンマーで蚊を殺したようなものだ。だが、大事なのは、アメリカ新大統領の力の誇示と決意表明が、世界中のメディアによって伝えられたということである。

〝大規模テロ〟

二〇一七年五月三十一日、カブール

二〇一七年五月三十一日八時二十二分、各国大使館やアフガニスタン大統領府の建ちならぶ地区付近の、カブールで最も人どおりの多い通りのひとつであるワズィール・アクバル・ハーン大通りで爆発物を積んだトラックが爆発する。フランス大使館から直線距離にしておよそ百メートルのところである。巨大なきのこ雲が空にたちのぼり、爆風が街を吹き抜ける。金属片が半径数百メートルにおよんで飛び散り、途中でいくつもの命をなぎ倒していく。結果は惨憺たるものであった――死者は二百人、負傷者は四百六十人近くにのぼり、犠牲者はもっぱら通学途中の子供たち数十人を含む、アフガニスタン市民だった。

自爆者が突っ込んだ警察の検問所には、大きくえぐられた穴以外なにも残っていない。警察署長によると、その検問所で警備をしていた十四人の職員は全員あとかたもなく消えてしまった。体を家族のもとに帰すこともできず、煙のように消えてしまった。いくつもの人の体の一部や肉片が、周囲の建物の屋根のうえで見つかった。

二〇一七年春、アフガニスタンでは地方で戦闘がつづき、中心都市ではテロがくり返されていたものの、この規模のテロは二〇〇二年以来はじめてだった。この一件はカブール市民にとっては大きなトラウマとなり、彼らは身の安全を保障してくれない政府に対して街頭で怒りをあらわにする。爆発現場の傷痕は瞬く間に消された。直径十メートル、深さ七メートルの穴はその日のうちに埋められ、いまでは新しいアスファルトの層が爆心地を覆っている。その悲劇的な場所で、翌日に、警察はデモの参加者たちに銃を向け、十人前後の死者と二十人ほどの負傷者を出す。

のちに〝大規模テロ〟と名づけられたこの攻撃は、犯行声明が出されなかった。タリバーンが一切の関与を否定したので、疑いの目はイスラム国に向けられた。いつもならばすぐに犯行声明を出すはずのこの組織も、今回は沈黙を守っている。アフガニスタン当局にはもうわかっている、タリバーンとそのテロリスト集団であるハッカーニ・ネットワークの仕業であることは疑いの余地がない。アフガニスタン情報局による情報が、それを裏付けている――タリバーンは今回招いた悲劇の恐ろしさのあまり、この失敗した攻撃をイスラム国になすりつけようとしている。しかし、治安組織の中枢で、奇妙な噂がささやかれる――大使館エリアの中心で爆発する前に運動エネルギー弾がトラックにあたってしまい、爆心地から四百メートルほど離れていた、本来の標的であった大使館エリアとおそらくNATO本部には到達しなかった。この仮説はすぐにもみ消されたので、二〇一七年五月三十一日の悲劇に関しては今日に至ってもいまだに謎が残されている。

外国人の死者は幸い出ていないが、主に建物などの物的被害は大きい。フランス大使館の被害は相当なものである。窓ガラスはすべて割れ、外交官たちの事務室のある建物の構造も罹災した。

テロ現場とフランス大使館内部のあいだには、大きな貯蔵施設であるエガーズ基地のTウォールがそびえ立っている。それらが爆風の一部を吸収してくれた。それがなかったら、被害はさらに深刻なものだっただろう。

大使館は複数の建物から成る。通りに面していて内部を囲う壁のうえに突きでている建物の最上階にあるわたしの事務室は、大破した。窓ガラスが全部割れた。その時間には誰もいなかった部屋のあちこちに飛び散った装甲窓の破片で、同僚のFXの椅子のヘッドレストが切断された。大使館の歴史のある部分である屋根は、爆発で吹き飛んだ。基礎から崩れおち、大使館内部に深い亀裂をつくった。粉々になったタンクローリーの数えきれないほどの破片、鋼の破片で壁や床が傷だらけである。負傷者が出なかったのはまさに奇跡だ。テロが起きた時間、われわれの大半は大使館のなかでも守りの堅い場所で朝食をとっていた――わたしがすべてのスタッフと職員のために開いている、水曜日の朝恒例の集まりである。

今回のテロは、アフガニスタンに駐在する欧米にとってひとつのターニングポイントとなる。在外公館は閉鎖され、国外駐在員は大幅に削減される。フランス大使館の敷地は使える状態ではなくなってしまったため、業務も含めてすべて、数キロ離れた〝ヴィラ基地〟という、職員の大半の住居のある複合施設に移動した。

われわれの住居が事務室と化し、全員を受け入れる場所がないので、人員を半分に削減しなければならない。約四十人のフランス人職員が国を去り、そのほとんどは行政職員と文化協力員である。

ＦＸとわたしは、七人の間借人と共有する邸宅の一階に事務室をかまえる。ひとつ階段をおりれば、もうそこはキッチンとダイニングルームに隣接した仕事部屋だ。ダイニングルームは、もうそこしか場所のないたくさんのアフガニスタン人職員たちの食堂兼オフィスにもなっている。われわれはそこで、オーブンから出された料理の香りや家政婦たちが一日中銅製の急須で淹れているお茶の香りにかこまれながら活動する。雑居生活を強いられ、ときにいらつくことがあるものの、楽しいと思えることのほうが多く、安心もする。数カ月つづくだろうと思われていたこの状況は、その後もずっとつづく。一年後も、あいかわらずわたしたちは同じ場所で、同じ日常とにわか仕立ての親密さのなかで過ごしている。

二〇一八年八月、ＦＸがアフガニスタンを去る。カブールでの四年間を経て、任務の終わりを迎える。後任はおらず、わたしが彼のあとを継いで国内治安総局副官に就く。彼がいないと、なにもかもが変わってしまう。運命共同体でむすばれたわたしたちふたりのデコボコ警官コンビは、テレビシリーズさながら終わりを迎える。

別れのとき、おおげさな感情吐露も涙もない。わたしたちはそういう仲ではない。ただ、身振り以上に言葉は真摯で、奥深く、詩的な響きさえする……「おまえにとっちゃ、いまとなっては同じ音楽に聞こえないだろう……クソに聞こえるだろう。だがそれはいまにはじまったことじゃない、そうだろ？　なにもかもめちゃくちゃだ……まあいい、じゃあな、モー、気いつけんだぞ……」

ドーハの交渉

二〇一八年〜二〇二〇年

二〇一七年五月にカブールで起きた大規模テロ以降、国際コミュニティはちぢこまる。駐在員たちの安全保障が主要問題となった。アフガニスタンにおける開発プログラムや協力活動を継続すべきか否か検討する国も多い。

麻薬密売と闘うFANCで一緒に働いている他国の同僚たちとの集会は、次第に実体がなくなってくる――通常三十四人いるはずが、十数人しか参加しなくなる。なかには国を去った者もいるし、まもなく退任し後任が来ない者たちもいる。

数カ月ものあいだ、不確実性や水面下でなにかが行われている状態がつづき、フランス大使館は常に閉鎖の危機に直面する。このふわふわした状況はその後三年間つづく。

アフガニスタンの状況は刻一刻と国の激動にあわせて変化するが、とりわけ二〇一八年秋にアメリカが主要関係者であるアフガニスタン政府と市民を排除するという力業をやってのけ、直接タリバーンと和平交渉をはじめたことで大きな転機を迎える。

たまたまその時期に重なっただけなのかどうかわからないが、十月十八日、アメリカ軍およびNATO軍のアフガニスタン任務の最高司令官である陸軍上級大将オースティン・スコット・ミラーが、カンダハールで起きた襲撃から間一髪のところで逃れる。実際は、大きな力を持ち危険なにおいのする警察署長のアブドゥル・ラジク将軍を狙ったものだった。彼はタリバーンの苛烈な反対者だった。ミラー将軍という上級軍人を助けることで、タリバーンはアメリカに対する好意を示しているようだ。

果てしのないこの戦争に早くけりをつけ、また、自分の公約を守りたいがために、ドナルド・トランプは二〇一八年の終わりまでに数千人のアメリカ兵をアフガニスタンから撤退させると発表する。しかしながら、カタールのドーハで行われているタリバーンとの協議過程はまだ初期段階にすぎず、アメリカの安全保障機関のトップは皆、この案に反対する。

そのような状況下で、二〇一八年十一月に新しいフランス大使のダヴィド・マルティノンがカブールにやってくる。個人的な知り合いではなかったが、ニコラ・サルコジの足跡にしたがえば、彼の足跡もたどることができた。アフガニスタン問題に大きな関心を持っている彼は、あらゆる戦いも役者もすべて知っていた。

アメリカとタリバーンとの協議は、常に緊迫した空気のなかで行われる。幹部同士がドーハの外交舞台で緻密な戦いをくり広げるなか、アフガニスタンの大地ではあいかわらず空爆やテロ攻撃で多くの命が奪われている。軍事的に有利なのはまちがいなく超大国アメリカだが、主導権を握っているのはタリバーンのほうであり、その非妥協的な姿勢によって、結果を出そうと急ぎすぎているアメリカ側に大きな譲歩を迫っている。

「あなたがたには時計があるが、わたしたちには時間がある」とタリバーンは西側諸国に対して嬉しそうにくり返すのだった。西側諸国の実用主義が、大帝国を翻弄してきたアフガニスタンのこれみよがしの現実にぶつかる。

数週間、数カ月間にわたり、アフガニスタンは政治的にも社会的にも停滞に沈みこむ。その原因となったのは、傲慢でうぬぼれた指導者たちが、筆舌に尽くしがたいこと――同盟国が去り、何百万人ものアフガニスタン人たちがその身を運命に委ねるしかなくなったこと――を認めようとしないことである。否定しているのは彼らだけではない。多くの国がいまだに、平和的解決、アフガニスタン内での交渉、アメリカとの同意をとりつけようとしている兄弟敵との協議を信じている。

アメリカ政府とタリバーンとの交渉は幾度となくつまずく。いちど二〇一九年九月には、アメリカ大統領が明晰さの代わりに持ち合わせているいつもの気まぐれによって、交渉は決裂したかに思われる。しかしその年の終わり、アメリカ史上最長の戦争に終止符を打ったという実績をつくって、なんとしてでもアメリカの選挙戦とホワイトハウスを賭けた戦いに勝利したいトランプは、交渉を再開させる。

そのような状況下で、二〇二〇年二月二十九日、アメリカ政府とタリバーンはドーハ合意に至った。正式には、「アフガニスタンにおける平和回復に関する合意」とされている。だが実際は、この文書はアメリカ軍とその同盟国のＮＡＴＯ軍の完全撤退の方法を決めたものであり、タリバーンに課される条件はただひとつ、アフガニスタンを拠点にアメリカとその同盟国の安全を脅かす行動を企てないことだった。外国軍の完全撤退は二〇二一年四月末までが期限とされた。それまでにタリバーンと当のアフガニスタン政府は停戦のための協議を開始し、国の将来を確固たるものにするための決定的な和平合意に向けて動かなければならない。これにより、有志連合軍の存在によってその安全が保障されていた大使たちをカブールに置きつづけられるかどうかは極めて疑わしくなった。

ドーハ合意の二週間後、世界中が新型コロナウイルスのパンデミックに見舞われた。フランス大使館は、撤退したアメリカ軍が使っていたジェファーソン基地という別の複合施設に引っ越したばかりだった。広大な敷地で、事務室も住居も広く使える。なにより、大使館の歴史のある部分と直接つながっているということが大きい。そこは、二〇一七年のテロで受けたダメージを考慮していまだに修復されていない。以前使っていた大使館の住居や庭は幸いいまも使えているの で、アフガニスタンでロックダウンが宣言されたときにきっと貴重な存在になるだろう。この移転によってようやく個々の住居とバス・トイレを確保することができるようになった。ジェファーソン基地は名を〝ラファイエット基地〟とあらためた――親愛なるアメリカ人たちには内緒だが。

新型コロナウイルスは、医療設備の整っていないアフガニスタン社会に深刻な影響をおよぼす。カブールでは、五百万人の市民に対して人工呼吸器が十個もない。感染者数、ひいては死亡者数の正確な数字を把握することは困難を極める。自宅に閉じこもっていたにもかかわらず、われわれと一緒に働いているアフガニスタン人職員たちは全員感染した。そして二人に一人が亡くなった。アフガニスタン人は症例も死亡も報告しない、タブーなのだ。埋葬は夜のあいだに人目を避けて行われるが、墓地の周りの長い行列のせいで嫌でも目につく。大勢が亡くなっていることは、内務省のアフガニスタン人の同僚たちが確証している。

コロナはアフガニスタンを守ってくれる。ドーハ合意調印後に始動するはずだったアフガニスタン政府とタリバーンとのあいだの和平交渉は、カタールの庇護のもと二〇二〇年九月に最初の会合が開かれるまでに六カ月もの歳月を要する。議題がまとまるまでにはさらに四カ月近くもかかる。試みはつぎつぎと失敗に終わる。なぜか？　タリバーンが現政府を認めず、アメリカの傀《かい》儡《らい》と評しているからである。彼らはアフガニスタン大統領アシュラフ・ガニーとの一切の交流を拒否し、交渉の前提として大統領辞任を要求する。タリバーン運動の目的はただひとつ——政権奪還と治安維持機構の明け渡しである。

アシュラフ・ガニーは一切妥協しない。誰がこの国を治めるのかを決めるのは、アフガニスタン国民による選挙だと主張する。言い換えると、この二者はずっと平行線をたどる。結局ドーハでは、アシュラフ・ガニーの一番の政敵であるアブドラ・アブドラ医師がアフガニスタン代表団を率いることになるが、実際にはなんの自由度も意思決定権もなかった。

アフガニスタン現地では、暴力の連鎖がとまらない。それでもタリバーンは自分たちの大義のもとに住民を結集させたいと思っている。大規模なテロ攻撃は、反対派、公務員、兵士、警察官、ジャーナリスト、そして作家を狙った暗殺の増加につながり、国全体を精神不安に陥れた。暗殺は日常生活の一部のように実行されるので、もはやなんの感情も憤りも国際社会に呼び起こさなくなる。

そうこうするうちに、ホワイトハウスの住人が変わった。そしてドーハ合意はよくなかったと思いつつも、ジョー・バイデンは前任者が調印したものを白紙にすることはせず、むしろ彼自身が最後の数年うながして、アフガニスタンからの完全撤退を終える。アメリカは時間稼ぎをし、二十年前に自分たちが追ったタリバーンが間違いなくこのあと政権奪還をするうえで、この合意が与える影響を最小限にとどめようとする。また、彼らは民主共和制の支持者たちをふたたび中心に据えたいと考えており、アフガニスタン内での協議の過程で最初から一番の障害となっていたアシュラフ・ガニー大統領を排除したアフガニスタン政府の樹立を図る。しかし、なにも変わらない。ガニーとその取り巻きは強情にその座にしがみつき、アメリカの助けなしにタリバーンを抑える力があると空いばりする。たしかにアメリカ政府が打ち出したドーハ合意は、欧米が撤退したあとはアフガニスタンの治安部隊が事態をコントロールする、という前提に基づくものである。

パニックの風

二〇二一年四月〜五月、カブール

ドーハ合意では、最後のアメリカ人兵士が国を去るのは二〇二一年五月一日とされていた。その期日が迫っているが、明らかに予定通りにいきそうもない。アメリカの新政権は、アフガニスタン人同士が最後には合意に達し、穏やかな雰囲気のなか軍を撤退させられるのをぐずぐずと待っている。そんなことが実現するはずもなかったが、誰もが驚いたことに、二〇二一年四月十四日、ジョー・バイデンはアメリカ軍とNATO軍の最終的かつ無条件の撤退を発表する。撤退を終えるはずだった二〇二一年五月一日にようやく撤退をはじめ、九・一一のテロから丸二十年経った二〇二一年九月十一日までに終える予定だ。

政治的にも外交的にも大混乱である。しかし、アフガニスタン政府とタリバーンとのあいだの何カ月にもおよぶ不毛な協議の末、ついに疲労が勝りしびれを切らす。アメリカは、アフガニスタン内での合意は不可能と判断し、期待を捨てる。いまだに平和的解決を信じていた者たちの希望も失望に変える。二〇二〇年二月のドーハ合意の発表後にNATO事務総長イェンス・ストルテンベルグが発した言葉が、守られない約束としていまでも響きわたり、潰走《かいそう》の前兆を物語っている——「状況が整うまで、わたしたちは去りません」

アメリカが当初のスケジュールを守らないことに対して、タリバーンは脅しをかけ、すべての国際会議への参加をとりやめる。もっとも、公式には言わないまでも、原則は受け入れている。それまで否定的だったアフガニスタン政府は、アメリカによる監督が終わりを告げることを喜び、確信に満ちて、アフガニスタンがみずからの手で運命を切り開く準備ができたと喧伝している。ここから、アフガニスタン当局が政治的失敗から軍事的敗北に至るまで、国民を不安と絶望に陥れる六カ月間のカウントダウンがはじまる。それでも、アフガニスタン政府はいまだ軍事的には有利である。治安部隊の総人員は兵士と警察官を合わせて約四十万人、それに対してタリバーンの兵士は八万人に満たない。しかしこの政府は、エリートたちの腐敗と、数カ月間使用されていなかった基地によって蝕まれた治安組織の劣化を見抜けなかったのだ。

二〇二一年五月以降、アフガニスタン当局の廊下にパニックの風が吹く。小役人も高級官僚も自分たちの将来を心配し、もはやためらうことなく堂々とわれわれにフランスのビザを取得してほしいと頼みこんでくる。いまにはじまったことではないものの、以前はもっとそっと言ってきたものだった。行政の責任者と会合すると、それが大臣だろうが副大臣だろうが、あるいは局長だろうが、誰しも決まって最後にビザの要求をしてきて、結局それが会合の主要目的だったことがわかる。この問題は茨の道であるにもかかわらず、国際コミュニティの仕事の会議では、このことがジョークの種になりつつある。

このようなビザの申請はますます増えるが、その急激な増加の背景には、元アフガニスタン大使などの国内の高級官僚たちのあいだで、仲間の苦悩につけこんでビザをひとつ取得するのに三万から四万ドルという法外な対価を得るという詐欺的な手口が横行したことがある。

この動きには同時に、西側諸国が撤退する期日までに、いくら支払おうとも国を去りたいというアフガニスタン人たちの不安が露呈している。それでも、国内の治安状況はまだ安定している。もちろん、とりわけ地方の町では常に衝突やテロがあるが、その緊迫の度合いにわたしたちが懸念するほどの劇的な変化は見られない。通常四月になるとはじまるタリバーンの春の攻勢もなく、いつにない平穏がカブールを支配する。いつもだったら攻撃や凄惨なテロが増加するラマダーンの期間中でさえ、今回は比較的落ち着いている。

しかし、最も強硬な政治家や治安当局者、タリバーンの猛烈な反対者で彼らとの戦いをけっして諦めず、最後まで戦い抜こうとするような人たちは、悲観的である。国がひっくり返るだろうという心配をもはや隠そうともせず、抵抗の準備にとりかかる。

アフガニスタン人たちは西側諸国が去ることがわかっている。怖いのだ。しかし国際社会は慌てることもなく、いまだにアフガニスタン内における協議をうながしながら、交渉による問題解決を目指している、ドーハでもモスクワでもイスタンブールでも決裂しているにもかかわらず。現実には、今後は戦場でアフガニスタンの運命が決まっていくのである。国際軍が撤退しはじめて舵取りをアフガニスタンの治安機構に任せるようになると、たちまち地域を支配する能力がまるでないことが明らかになり、タリバーンに一連の軍事的成功をもたらし、彼らが西側諸国軍の完全撤退後に権力を掌握するための道を用意してあげてしまう。

フランスはというと、大使館では、もう何カ月も前から恒久的平和も平和的な政権移譲の可能性も信じなくなっていた。おそらく一九七五年四月三十日のサイゴン陥落（八年にもおよぶ戦争の末、アメリカはベトナム戦争の終結を決意し、一九七三年に北ベトナムと和平協定を結ぶ。和平協定の調印から二年後、北ベトナム軍が国を軍事的に支配するなか首都のサイゴンを襲撃し、そこにそれまで参戦していたアメリカが介入することはなかった。街は大混乱となった。大使館員たちは急遽、まったく無秩序に避難した。サイゴン市民がアメリカ大使館の戸口に押し寄せてきて建物を包囲し、どんな手段を使ってでも脱出を図ろうとした）のような筋書きのほうが有力だろう。奇妙な偶然だが、最後のアメリカ人兵士がアフガニスタンの土地を去る予定の日も、二〇二一年四月三十日だ。

それゆえ、二〇二〇年十一月から、最悪の事態を想定しておいた。大使館のフランス人職員の退避と、合わせて八百人近いアフガニスタン人職員とその家族のフランス移住の計画をすべて練った。彼らがアフガニスタンに残れば、タリバーンの復讐の的となるだろう。サイゴン陥落以外にも、その後に起きたふたつの歴史的な出来事が、大使館とフランス外務省の決断を導いた。ひとつめは、一九九四年四月にルワンダで起きたツチ族の大量虐殺の記憶だ。多くの外交官と軍人にとって、キガリで犯した過ち（二〇二一年三月二十六日、虐殺からおよそ三十年の時を経て、歴史家委員会はルワンダでのツチ族の大量虐殺におけるフランスの役割についての報告書をフランス大統領に提出した。この報告書では、フランスに大量虐殺の罪はないとするものの、政治的・軍事的政策において重い責任があると指摘している。フランス公文書調査委員会参照――『フランス、ルワンダ、そしてツチ族の大量虐殺（一九九〇～一九九四）』）をカブールでもくり返すなど問題外だ。すなわち、フランス大使館とフランス文化センターで働くツチ族職員を、大量虐殺が行われているなか純粋かつ単純に見捨てることである。ふたつめの出来事としてはより最近に起きたタルジュマン（ダリー語で「通訳」を意味する）のことがある。二〇〇一年から二〇一四年にかけてアフガニスタンに展開したフランス軍に協力したアフガニスタン人の翻訳者や通訳を、アルジェリア独立の際にフランス軍に見捨てられ虐殺されたアルキと重ねる人たちもいる（二〇〇一年の九・一一事件後、アフガニスタンに展開したフランス軍のために約百万人のアフガニスタン人たちが現地採用の民間人スタッフ［ＰＣＲＬ］として働いた。職種は料理人、庭師、運転手、とりわけ通訳が多かった。なかにはフランス兵とともに戦うために武器を持っていく者までいた。二〇一二年にフランスは軍を撤退し、最後の派遣部隊が正式にアフガニスタンを去ったのが二〇一四年十二月三十一日だった。撤退後、アフガニスタン人のＰＣＲＬに対するフランスの態度は強く批判された。フランス人とアフガニスタン人との関係はアルジェリアの場合とはもちろん異なるし、ＰＣＲＬの立場もアルキ［アルジェリア独立戦争でフランスに雇われた現地補充兵］のそれと完全に比べることはできないが、どちらにしてもフランス移住のプログラムの恩恵を受けられたのがごく一部の人たちしかいなかったというのは認めざるをえない。フランス兵たちが立ちあがり、ＰＣＲＬを擁護する団体もでてきたことで、二〇一五年にフランス政府は新たな受け入れ態勢を導入することとなった。その進行が遅く、不完全で、ときにカフカ的であるために、新たな批判の的となり、この問題は公の場に持ち込まれることになった。結局国務院はＰＣＲＬの味方をし、公務員が労災で保護される場合と同様の〝機能的保護〟の恩恵をＰＣＲＬにも拡大することを決定した。しかし、タリバーンがカブールで政権奪還を果たすと、多数の書類が国防相の法律家たちのファイルのなかで未決のまま置かれた状態となった）。

したがってフランス大使館にとって、アフガニスタン国民を避難させることはなによりも国の名誉にかかわる問題なのだ。大使館が計画を練り、フランス当局に提案する。全面的には賛成しない者もいるが、その発意は支持されるだろう。だがこのフランスの姿勢につづく国はいない、それどころかEU諸国は批判をしてくる始末だ。そしてアフガニスタン当局は、これを彼らに対する反抗行為とみなすだろう。

最初の退避

二〇二一年五月〜七月、カブール

フランス大使館で動員がはじまる。アフガニスタン人職員およびその家族の退避の第一波の準備をする。フランス政府がチャーターする特別便を出すなどということはできず、通常便で数週間にわたって行う。民間航空会社であるエミレーツ航空からは通常、毎日定期便が出ている。しかし新型コロナウイルスのパンデミックのせいで、空の運航にも支障が出ている。

退避候補者たちは一刻も早くフランスに行きたがっている。多くの者たちが、飛行機のチケットを強く要求してくる。フランス社会で輝かしい未来が待っていると思っているのだ。アフガニスタンでしている仕事にならって、フランスでもレストラン経営、通訳、運転手、エンジニア、さらにはフランス語の教師をしている自分をすでに想像している。誰も乗り越えなければならない困難や幻滅が待ち受けていようなどとは思ってもいない。

二〇二一年五月十日の最初の便につづいて五つの便が出て、その最後が二〇二一年七月十七日となる。最後のは、フランス人の在留者たちが国を去るために特別に用意された便である。フランスの大地をふたたび踏むための唯一にして最後の可能性のために、大使館が懸命に連絡をとるものの、提案はほとんど成功しない。比較的平穏なこの七月に、われわれの予想が覆される。アフガニスタンがこんなにも早く崩壊すると思っていた者は少なく、大半が、それが起こるのはもっと先のこと、それどころかもっと楽観的なシナリオを思い描いていた。パートナーシップを結んでいる諸外国の多くはフランスの方針を非難し、それが他の欧州諸国の大使館にもおよぶ恐れがある。この段階では、どこも自分たちのアフガニスタン人職員のための準備はしておらず、あるいはオーストラリアのように、彼らの行く末など気にかけることなく施設を閉鎖し、手を引くところもある。

フランスでは、NGOを除いて、フランスの姿勢は逆風にさらされており、誰も表立っては批判しないものの、官公庁の廊下では皮肉めいた口調になっている。皮肉屋たちは、フランスの方針は先見の明に欠けており、戦略的な見通しも甘いと、裏で言わずにはいられない。

カブールでは、早すぎる出発を余儀なくされたがゆえに、やることが早すぎたのではないかとわたしたちは思いはじめる。アメリカ軍の撤退に伴う大使館の一時閉鎖に備えて、万策を講じた。〝支援〟という名のアフガニスタン人職員の脱出によって、通常の業務はすでに行えない状態となり、秘書も、通訳も、翻訳者も、運転手も、清掃員も、ケータリングスタッフも、庭師でさえもいなくなっている……。

この七月、わたしは休暇で数日間フランスにいた。アフガニスタンのニュースを見てみると、状況は奇妙にも落ち着いており、アメリカとNATOが予定通りに軍の撤退をつづけるのを、他の大使館がわりと静観している状態がつづいている。暴力沙汰は減っていて、おそらくイード・アル＝アラハー祭と、非公式といえども休戦に入っているおかげだろう。タリバーン戦闘員と正規軍は戦場で衝突するものの、勢いは弱く、どちらかというと現状維持をしようとしているようだ。アフガニスタンの治安部隊を有志連合が支援しなくなったいま、タリバーンは抵抗しやすくなっているが、そのわりには優勢になっていないので、この先のよい兆候のように思える。勢力関係は現政権に有利だ。ここから外国軍が撤退を終える八月三十一日まで、タリバーンには国の権力掌握のために手を打つ余地はないだろう。アフガニスタン国家のトップのあいだでは少なくともそのように言われているし、そう信じられている。

わたしが七月二十六日にカブールに戻ると、大使館内の空気はいつもと違っている。アフガニスタン人職員はもうひとりもおらず、二十人ほどの外国人職員しか残っていない。敷地内はがらんとしている。聞こえてくるのは、通りを吹き抜ける熱風と、建物に覆いかぶさる木々の葉のざわめきだけだ。

わたしを迎えてくれるのは、悔しそうな顔をしている同僚であり友人でもあるレイだ。

レイは憲兵隊の大佐だ。彼は国内安全保障担当官であり、わたしは彼の補佐をしている。そのたぐいまれなる実直さと、常に献身的で情も深いので、レイは誰からも高く評価されている。その鋭さと洞察力の高さゆえに、大使館内で最も恐るべきポーカーのプレイヤーでもある。二〇二〇年の夏の終わりに彼がアフガニスタンに赴任してきたときに、わたしは彼を迎えた。数年前に内務省で一緒に働いたことがあるのですでに知り合いではあったが、本当の友達になったのはカブールに来てからだ。彼がアフガニスタンの任務についたのはこれがはじめてで、二年間過ごすはずだったが、歴史がその予定を変えてしまった。彼が到着してから数週間後に避難準備がはじまったので、冒険は短く途絶えてしまった。赴任早々にアフガニスタンの移ろいやすい状況を目の当たりにしたすべての人たちと同様に、彼もそのことを受け入れた。わたしはというと、頭上にダモクレスの剣が吊るされながら五年間過ごしてきていたので、すでに甘んじて受け入れていた。わたしはけっして三カ月以上先の予定をたてることはしなかった。

すこし苦い表情を浮かべながら、レイは大使館の統治が終わったときの雰囲気を語ってくれる。「なにもかも制御不能だ」と、あいかわらずの省略法で説明してくれる。パリの当局では、もし状況がこのまま落ち着いているならば、予定よりも早く大使館を閉鎖するかどうか検討しているようだ。というのも、すでに通常業務を行えなくなっているからである。アフガニスタン政府が事態をコントロールしつづけるならば、二〇二二年初頭に新しいスタッフを迎えて再開させたいと思っている。レイはこうつづける――「荷物をほどかないほうがいい、たぶん一週間後くらいに閉鎖になる。数日のうちに決定がくだされるだろう」。わたしは五年前の二〇一六年九月に、同僚のＦＸがくれた忠告を思い出す――「あまりくつろぎすぎないほうがいい。半年後には移動することになるかもしれないからな」。なにが起ころうと、八月三十一日には、わたしのアフガニスタンにおける任務は終了する。現時点で残り五週間だろうと一週間だろうと、大差はないと思っていた。でも違った。

翌日、わたしはレイを空港まで送る。彼は息子と一緒にフランスで数日間の休暇を過ごす。

「状況を知らせてくれよ、モー。一瞬ですべてがひっくり返るかもしれない、そんななかにおまえを残していきたくないからな」。わたしたちはつぎに会うのがカブールなのかパリなのかわからずに別れる。

数日後、アメリカ軍が撤退する八月三十一日までは大使館を閉鎖しない決定がくだされる。外務省は大使に、フランスに帰国して二週間の休暇を過ごす許可を与える。

タリバーンがカブールに入って勝利をかち取るまでにはまだまだかかりそうだ。あちらこちらで、国民が武器を取り警察や軍と共に戦ったり、反タリバーン民兵組織を立ちあげたりしている。この動きは前例がなく、かなり希望が持てる。なぜなら、国民がタリバーンに対して立ちあがれば、タリバーンが支配を確立するチャンスはなくなるからだ。一九九五年には、これと逆のことが起きた。ソ連軍を退かせることとなった内戦に疲弊した国民の支持を得ながら、タリバーンはほとんど戦わずして首都カブールを占拠して闊歩したのだった。彼らは、民族間そして封建的な対立によって引き裂かれた受難国民の救世主として歓迎されたのだった。

今日、タリバーンはアフガニスタン・イスラム首長国（タリバーン政権が正式に用いた国号。ダーイシュの地域支部、イスラム国ホラーサーンと混同しないように。両者の旗は同じだが、前者は白地に黒文字、後者は黒地に白文字という違いがある）を再建しようとしている。タリバーン運動のイデオロギー的基盤は依然としてこの国に強く根ざしており、彼らの戦略はこの非対称戦争をうまく切り抜けることを可能にしている。戦場では、相当な数の戦闘員が命を落としている。それでもタリバーンは、一時的領土獲得の成功についてばかりやたらと伝える。メディアやSNS上は、政府軍からの物資や武器、軍事装備の奪取や彼らの勝利を伝えるスポークスマンの声明であふれかえっている。

イード・アル＝アラハー祭後、西側諸国軍の完全撤退の日が近づくにつれ、活気づいたタリバーンが進軍を加速させようとしているのが感じられる。アフガニスタン内の協議は中断されており、アメリカ軍が完全撤退した暁には、武力衝突は避けられないものと思われる。この段階では、ドーハにいるタリバーンによってNGOも含めて安全が保障されていたので、在外公館が閉鎖されるという問題はまだ起きない。だがもし急に国が全面戦争に突入してカブールがゲリラ闘争の舞台となってしまったらどうなるのだろう？　この可能性は大いにあり得ることだし、いつどうなるかはタリバーン側でさえコントロールできないかもしれない。

理論上、通常秋の中頃から冬期休戦がはじまるので、政府軍はタリバーンに対抗する手段がある。山岳地帯では冬が近づくにつれて戦うことが難しくなり、しまいには不可能になる。そしてアフガニスタンはその国土の大半が山から成る。アメリカ軍が撤退した翌日、すなわち九月一日からタリバーンが攻勢に転じるとすると、彼らが支配できるようになるまでに残された時間はかなり少なく、二〇二二年の春に再開する形になるだろう。戦略上、彼らは撤退期日を待つことはできないし、いまの状況が彼らにいくらかのチャンスを与えているようだ。

有志連合の支援がなくなり、アフガニスタンの治安部隊の力のなさが露呈する。アメリカから供給された軍用機は、戦闘において確実に有利に働くのに、十分に活用されていない。メンテナンスが行き届いていないために故障するか、さもなくば防備体制が不十分なためすぐに撃ち落とされる。適さない場所で交戦する機甲部隊は、あまりに早く放棄され敵に奪われてしまう。

治安機構内では、不和が生じる。最も強硬な幹部たち、いわゆる〝タカ派〟の人たちは、ガニ一大統領と国家安全保障参事官のたてた戦略は筋が通っていないし、政治的・軍事的センスがないとして拒否する。結局彼らは大統領たちとは距離を置き、七月の中頃に国を去り、近隣諸国であるタジキスタンやウズベキスタンの首都、あるいはドバイへと避難する。そこでタリバーン運動と戦うための態勢を整えようと試みる。大半の国民が、もはや政府にはタリバーンの権力掌握を防ぐ力はないと思っている。

この心理戦は次第にその効果を生みだす。いくつかの州では、軍や警察からの離反者がますます増えているのが見受けられる。タリバーン戦闘員は、その戦争への慣れに応じて月に四百ドルから八百ドル稼ぐことができる。アフガニスタン兵は、給料が支払われるとしても多くて百五十ドルくらいのものだ。地方公務員の腐敗がタリバーンの一番の味方となっている。警察官と兵士への給料の支払いが何カ月も滞ることがある。敵に遭遇しても、降伏する代わりに命を助けてもらうという運命には見放されたわけではないのに、彼らは装備も不十分で、弾薬や食料の供給も不足している。

七月の終わり、このような状況下でタリバーンは各方位に向けて攻勢に転じる準備にとりかかる。最後のアメリカ人兵士が去るまで、ちょっとずつ領土を手に入れていく。

大使館で、わたしはすこしだけ開いた窓の前でビールを飲み、ほこりを巻きあげながら息をひそめる首都を吹き抜ける風の音に耳を澄まし、十本目のたばこを吸う。ときに、この静けさは不安を覚える奇妙さとなる。ときに、近づいてくるヘリコプターの爆音が割って入ってきてすべてを食い尽くす――人びとの心まで深く入り込むこの戦争の灰をプロペラが巻きあげる。そしてふたたび静寂が訪れ、もう一度わたしたちの警戒心が研ぎ澄まされるのだ。

フランス北部での幼少期

一九七〇年代、ルーベ

わたしは九人兄妹の三番目で、長男だった。父は、勤務中の事故によって片手を失い、障害者となってもう働いていなかった。わたしたちは家族手当とわずかな障害年金で暮らしていた。失業は地域全体に蔓延していた。お金が入って二日目には、冷蔵庫をいっぱいにした代わりに月末の不安が押し寄せてくるのだった。

両親が一九六二年にアルジェリアからやって来たとき、わたしはまだ生後半年にもならない乳幼児だった。他のアルキのほとんどがそうであったように、両親もまたフランス北部に送られる前に一旦リヴェザルトやラルザック収容所に入れられた。父の兄弟はフランス軍の現地補充兵だったのに対し、父は職業軍人だった。戦争のことをよく知っていた。十七歳のとき、第二次世界大戦の終わりに従軍してから、数多くの遠征に参加した。とりわけインドシナ戦争では、重傷を負って死にかけた。胸に深手を負い――いまでも斜めに長い傷痕が残っている――ベトナム軍に手当をしてもらって、数カ月監禁された後にフランス当局に引き渡された。一九五四年にアルジェリアに帰国すると、もう家族は誰も待ってくれていなかった。国は大きな動乱の入り口にあった。軍に残り、父はアルジェリア戦争に参加して、一九六二年に国を離れた。その十年後、戦傷の名目で勲章を授与されることになる。

フランスでも、父はふたたび入隊させられることになった。だが、アルキであろうがアルジェリア人をフランス軍に受け入れることが我慢ならない将校と口論になり、一九六五年に突如として彼のキャリアは終わりを告げた。それから父は、パ・ド・カレーで鉱山労働者に加わった兄弟たちにならい、ルーベで織物工場の職を得て、そこで工作機械に右手を切られた。

父はド・ゴール将軍をこのうえなく崇拝しており、また、インドシナやアフリカ北部の元兵士だということもあって、軍事記念式典は一度として欠かさなかった。それは彼にとって、上着の裾まで吊るされた十二個のメダルを戸棚いっぱいに飾り、そして居間の片隅にいつも飾られているフランス国旗をひっぱり出してくる機会だった。それが彼なりの存在の証だったのだ。植民地支配の歴史に引き裂かれたフランスで、過去に目を向けることが。極右のポスターがすでにたくさん出回っているフランスで――「百万人の失業者がいるということは、移民が百万人多くいすぎるということだ！　フランスとフランス人を優先しろ！」

フランス北部は移民の土地だった。二十世紀のあいだに大量に、主にヨーロッパからの移民を受け入れた。ポーランド人、ポルトガル人、イタリア人がやってきて、それぞれ鉱山、建築、織物などの仕事に就いた。マグレブからの移民は最後にやってきた。彼らは歓迎されなかった。

一九七〇年代、人種差別はとどまることを知らなかった。すべての人がすべての人を嫌っていた。ただし、ポーランド人もイタリア人もポルトガル人もマグレブ人も、そしてフランス人も、皆毎週日曜日にはサッカー場のフィールド上あるいはスタンド席で一緒になった。それが終わると皆また普段の生活に戻り、互いに交わらないように注意深く避け合っていた。子供たちは学校の運動場では一緒に遊んでも、学校の外ではめったに会わなかった。わたしのフランス人の友達が卓上サッカーゲームのパーティーを開くときも、わたしを呼んではいけないことになっていた。

子供のときは人種差別や排除に気づかない。それがなんなのか知ってすらいない。わたしが最初にそれらの重みを実感したのは、アントワーヌという、両親にアルジェリア人と遊ぶのを禁止されているが、数カ月前から運動場でよくわたしと遊んでいた友達に、わたしがどこで生まれたのかを訊かれたときだった。わたしは、アルマで生まれたとだけ答えて、それがアルジェリアの地名だとは言わなかった。「ということは、きみはドイツ人〔フランス語でドイツ人はAllemandアルマン〕なんだね、だったらきみと遊べるや」と彼は嬉しそうに言った。わたしの名はどう聞いてもマグレブ系だったが、きっとアントワーヌは両親に名前は言い忘れていたのだろう。わたしは安堵したと同時に気まずくもあった。そのときわたしは十歳で、はじめて自分の出自を隠さなければならなかった。

その翌年、わたしは中学生になった。フランスのサッカーチームがポーランドとの重要な試合に臨むところだった。場所は、当時全盛期を迎え、わたしが応援していたＲＣランスというチームのサッカー場だった。わたしの短い人生においてはじめて、アルジェリア出身の選手、ファレス・ブスディラというＲＣランス所属の才能あるミッドフィールダーが、フランス代表チームに選ばれた。地方紙でもそのことが大きく報じられた。わたしはとても誇らしかった。

試合の数日前、わたしはその誇らしさをアルジェリア人仲間に話した。まさかそれによって罵《ば》詈《り》雑言《ぞうごん》を浴びせられるなどとは夢にも思わずに。彼らにとってブスディラは、〝アルキ〟の息子、裏切り者の息子だった。アルジェリアでは、アルキは敵国協力者とみなされていた。彼らは入国を禁止され、指名手配されている者さえいる。わたしはアルキを擁護した。友達とわたしとのあいだで喧嘩が勃発した。それからは、わたしも裏切り者の息子となり、その日以降、アルジェリア人の友達はひとりとしてわたしと遊ばなくなった。実際、ファレス・ブスディラはアルキの息子ではなかったのだが、フランス国籍を取得したということが、移民の子供たちにとってはすでに立派な裏切りと受け止められていた。

思春期の頃まで、わたしはさほど疑問に思ってはいなかった。わたしはフランス人だった。子供だったので、社会が出自や社会的地位で人のことを判断するという現実にまだ直面していなかった。わたしは優秀な生徒だった。でもアルジェリア人の場合、二番や三番では不十分だということがすぐにわかった。一番でないといけなかった。中学生前期の最後の年、平均以下の子たちやわたしと同等のクラスメイトたちが名門リセ・デュ・パルクに進学するなか、わたしは職業訓練課程に進ませられた。ひとりだけ、同じくアルジェリア出身のカデールだけわたしと一緒だった。でも彼は全体平均が十九だったので、王道を進ませてもらえないのは当然だっただろう。

わたしは諦めた。長男だったので家族を助け、兄妹全員を養うために早く仕事を見つけなければならなかった。いつまでも学校に通うわけにはいかなかったし、商業や会計の職業訓練コースも悪くないように思えた。わたしは世間知らずで、現実がすぐにわたしを捕らえた。企業での研修先を見つけなければならなかったのだが、外国人を受け入れてくれるところはひとつとしてなかった——特にマグレブ人は。必死に頑張ったものの、どこもだめだった。

わたしの営業科の先生が、親戚に声を掛けてみると言ってくれたので、ようやく靴屋で研修を行えることとなった。この女性教師が親切に最後まで粘ってくれなかったら、わたしは卒業できなかっただろう。

十七歳になり、商業の職業教育免状を手に、自信とやる気に満ち満ちて、わたしはいざ就職活動に乗り出した。自宅から目と鼻の先にある会社の簿記の職をすでに手に入れていた幼なじみのパスカルが、求人を出している会社を教えてくれ、手伝ってくれた。ある日、息を切らしながらわたしの家にやってきたパスカルは、じっとしてはいられない様子だった。求人広告を持ってきてくれたのだ！　職業安定所が、わたしの家の裏の線路沿いにある製鉄所で働く人を募集していた。

わたしは原付にまたがり、その仕事の作業指示書を受け取りに急いで職業安定所へと向かった。そこの職員は、わたしに書類を渡しながら難色を示した。その頃には、わたしの名前や出身を知ってしかめ面されることに慣れっこになっていた。

翌日の朝四時に、ポストに空きのある仕事先の廃棄物選別所に出向いた。十数人の労働者が、両切りのたばこを口にくわえながら、タイムレコーダーの前で待っていた。わたしのことをじろじろ見ながら、いくつか質問をしてきた。わたしがここに来た理由を知った途端、急に冷淡な口調になった。「うせろ」とひとりが言った。「おまえが来るとこじゃねえ」。他の人たちは仕事にとりかかった。「アラブ人はな、ここでは雇わないんだよ」。職工長が現れたところだった。今度は彼が責められる番だった。労働者たちは、もしわたしを雇うなら仕事しないぞ、と脅した。職工長は容赦なくわたしを出口まで押しやった。まるでわたしがいるだけで、彼の円滑な生産ライン、さらには工場全体が危機にさらされると思っているかのようだった。わたしは彼に作業指示書を見せた。「職業安定所の手違いだ」と、わたしの目を見ずにもごもごとつぶやいた。彼はわたしを出ていかせた。労働者たちのなかに、同じ地区に住むマグレブ人がいるのが見えた。彼は黙って、離れたところにいた……。

わたしはふたたび職を探しはじめた。数カ月のあいだ、毎朝五時に家を出て、工場地帯や商業地帯を探索しに出かけ、父と顔を合わせないために午後をすこし過ぎた頃、昼食を終えて昼寝をする頃まで戻らなかった。自分が恥ずかしかったし、ご飯を食べさせてもらう資格などないと思っていた。父もそう考えていたので、わたしが食事の時間までに戻らなかったら片付けてしまいなさい、と母に言っていた。だが父がなんと言おうと、母はいつも台所の隅のほうに皿をとっておいてくれていた。

わたしは息子失格になってしまった。職に就けなかったからだけではない――ふたりの姉が、強制とまでは言わないものの、見合いをさせようとしてくる横暴な父親から逃れるために、成人になるすこし前に家を出ていってしまったのだ。わたしは彼女らが出ていったことと、そのせいで家族がかかされた恥の責任を負う羽目になった。わたしはふたりの姉を監督せず、強要もせず、支配もせず、男だったら姉妹や女子一般にすべきことをなにもしなかった。義務を遂行できなかった者として、わたしはのけ者にされ、もうほとんど会ってもいなかった叔父たちやいとこたちにまで非難された。家族の女性たちでさえわたしを批判した。

当時は孤独だったにもかかわらず、わたしの人生におけるその時期の記憶として残っているのは、不屈の精神である。わたしはこれらの伝統や恥辱を他人事としてとらえていた。たしかに被りはしたが、外から観察しているだけで、自分が渦中の人間のようには感じなかった。挫折や拒絶、屈辱があったものの、学校はわたしにそれとは違うことを教えてくれたし、わたしが育った社会は違う夢を与えてくれた。

同じクラスの友人たちは例外なく職業教育のプログラムに参加していた。彼らの名前はパスカル、クリストフ、そしてドミニク。皆生粋のフランス人だ。彼らは平日に働き、週末はナイトクラブにくり出すという、わたしにはできない贅沢な生活を送っていた。いまでは麻薬売買の場と化してしまった自分の育った地区をうろうろ歩き回るというのが、わたしの土曜の晩だった。

一九六七年に起きた勤務中の事故後、父は、わたしが五歳になるまで暮らしていたルーベのバルブ・ドール通りの奥深くにある不衛生な二部屋のアパルトマンの代わりに社宅を提供された。社宅は、町はずれのエムという、田園のなかに突然現れる集合住宅地にある新しい家だ。居間、ダイニングルーム、三つの寝室と庭がついており、〝緑の空間〟――あるいはただの空き地と言うべきか――が家の周りを囲っている。

当初は、わたしたち家族がエムで唯一の〝外国人〟だった。とても和気あいあいとした雰囲気だった。共産党の町議会は、大企業に勤める労働者家族たちがひしめき合っているルーベの長く伸びる団地に終止符を打つために、この前衛的な社会住宅プログラムを構築した。住宅地にはどんどん家族が増えていき、みるみるうちに緑や空き地が消えていった。それでも、広場では子供たちがサッカーをして遊び、通りは子供たちのパリ〜ルーベ〔自転車ロードレースの名称〕でにぎやかだった。

十年後、地区の顔はすっかり変わっていた。広場は麻薬の売人が身を隠す場所となり、子供たちのパリ〜ルーベは夜の暴走族に取って代わられた。タイヤがきしむ音とパトカーのサイレンが宵から真夜中にかけて定期的に聞こえてきた。地区の若者たちはロス刑務所の独房を埋めるためにすこしずつ消えていった。最近見かけなくなった人について訊ねると、ロスにいる、あるいは、出所したところ、と言われることも珍しくなかった。

十五歳のわたしは、常に夜間外出禁止令が出されていた——夜に出かけるのも、パーティーに行くのも、通りを離れるのも、家の前で友人たちと座りこむのも許されなかった。見逃すことのできない毎年恒例のリールの蚤の市でさえ、クラスメイトたちは皆新学期が始まる前にそこで再会するというのに、わたしは行ったことがなかったし、友人たちが原付に乗りつけてたむろしていた、エール・デュ・タンという流行りのバーにも行ったことがなかった。

十八歳になる手前、わたしはマリー＝クリスティーヌという生涯の女性と知り合い、今日においてもなお、昼夜を共にしている。運命の出会いだった。彼女と共に、彼女によって、そして彼女のために、わたしは自分の計画を練った。彼女の両親もわたしを批判することなく、寛大に歓迎してくれた。

数週間後、わたしはついに人材派遣会社と契約を結んだ。わたしはスタートを切り、ようやく未来を垣間見ることができるようになった。そしてなによりも、あらかじめ決まっている運命から逃れられることを願っていた。

第一章

大使館から出られない

転覆

二〇二一年八月初旬、アフガニスタン

その年の七月の終わり、イード・アル＝アラハー祭のあいだに守られた非公式の小休戦が明けると、衝突は新たな段階に突入する。それまで主に農村部に力を注いでいたタリバーンは、ここから主な州都への攻撃を開始する。彼らは同時に一斉攻撃を仕掛け、タリバーン運動の発祥地であるカンダハール、イランと国境を接し、シーア派の人口が多いヘラート、そして、タリバーンおよび混沌としたアルカーイダの拠点であり、なによりもアヘン倉であると同時にタリバーンの地下経済の金庫であるヘルマンド州の州都ラシュカルガーを包囲する。

これは〝大いなる攻勢〟なのだろうか？　確かな兆候がひとつある――地域一帯で起きていることを注視しているロシアが、アフガニスタン、タジキスタン、ウズベキスタンと国境を接している中央アジアの旧ソビエト共和国に兵士を派遣しているのだ。ロシア側は、紛争が拡大し、自国の勢力圏に戦闘員が侵入してこないか心配している。そこにはすでに、衝突から逃れた数百人のアフガニスタン兵や市民が避難してきていた。こうしてアフガニスタンと国境を接する地域で

は、共同作戦のために数千人ものロシア兵、タジク兵、ウズベク兵が動員されている。

　アフガニスタンの治安部隊は、タリバーンの攻撃に対し、むしろよく持ちこたえている。ドーハ合意に従って撤退していたアメリカ軍は、タリバーン運動の陣地を爆撃することで彼らを援護した。タリバーン側はそれを合意違反だとして強く抗議するが、合意では都市中心部における攻撃の停止も規定されていることを忘れている。両者は口論となる。アメリカ側は、八月三十一日以降も空爆がつづく可能性があると警告する。しかし、主要都市を狙うというタリバーンの戦略は功を奏している。というのも、都市部での戦闘において航空兵力を使用すれば多数の民間人の犠牲が出るため、使用が難しくなるからである。

　全国の他の地域にみられる事態の急激な悪化に比べて、カブールの治安状況は比較的安定している。首都カブールは、パンジシール州とナンガルハール州とともに、安全上の理由で夜間外出禁止令の出されていない、国内三州のうちのひとつである。それでもテロ行為はつづいており、とりわけ標的を絞った暗殺、検問所への手榴弾攻撃、政府施設へのロケット弾攻撃などは起こるものの、攻勢はまだ準備されていないようだ。

　二〇二一年八月六日金曜日、戦略拠点となっている州のヘラート、ヘルマンド、そしてカンダハールに注目が集まり、大規模な増援が至急送られている一方で、タリバーンは、イランとの国境にある西部ニームルーズ州の州都ザランジに進入する。彼らはいっさい抵抗されることなく、市内のいくつかの戦略拠点を占拠する。治安部隊のメンバーの略式処刑が報告される一方、数百人の市民がイランへと逃亡し、それにつづいて、あるいは先行して、アフガニスタン兵も作戦の舞台から離脱した。ザランジ占領の数時間後、地元住民が反乱軍を歓迎し、タリバーンの旗であるアフガニスタン・イスラム首長国の旗まで掲げながら、民衆が歓喜に沸く光景がみられる。

その翌日、今度は北部の都市シェベルガーンがタリバーン反乱軍の手に落ちる番である。ここはアシュラフ・ガニー政権時代のウズベク系元副大統領であり、タリバーンの宿敵でもあるアブドゥル＝ラシッド・ドスタム将軍の拠点だった。ここでも、民衆は微塵も抵抗をみせなかった。

その後もつぎつぎと主要都市のクンドゥーズ、サレプル、あるいはタールカーンまでもが占領され、反乱軍によって囚人たちが解放される。アフガニスタン第三の都市である西部へラートでは、タリバーンの進撃を押し戻したようだ。しかし南部ラシュカルガーでは、アフガニスタン軍とタリバーンとの激しい戦いがいまでも市内全域にわたってつづいている。市民は、アフガニスタン軍が反撃に出たり、反乱軍の拠点が空爆されたりするのに備えて避難するように言われるが、その多くがどこへ行けばいいのかわからず、町を離れることができないでいる。かなりの人的被害が予測される。国内第二の都市カンダハールは、ついにアフガニスタン政府が憂慮すべき深刻な事態に陥る。ここがタリバーンに占領されてしまうと、南部の支配において取り返しのつかない事態となる。一九九五年のように、カブールへの攻勢に道を開きかねない。数日間の対決の末、カンダハールへの締めつけはようやく緩んだが、反乱軍への対抗のためには空爆が必須で、そのせいで空港が破壊され、破片が郊外にまで四散した。

週末の電撃戦後、六つの州都が陥落する。正規軍はその後、湾岸諸国から毎日飛来するB－52長距離爆撃機というアメリカの航空機の支援を受けながら、それらの地域の奪還を試みる。

B‐52の投入によって、戦闘がつづいている地域においてタリバーンの進撃を遅らせたり、封じ込めたりすることには成功したが、すでに彼らの手中に落ちた町では、町が盾となって空爆から彼らを守り、住民により大きな被害をもたらすだけで、彼らを町から追い出すことはできない。

二〇二一年八月九日月曜日、アシュラフ・ガニーは国内で最も影響力のある指導者や将軍たちを招集し、「民衆蜂起軍の中央・共同司令部」を結成する。もったいぶった言い方だが、要は、全国から人びとを動員し、装備を整えるのが目的である。タリバーンの攻勢に対峙し、それを阻むために民衆を扇動し、立ちあがらせようというのだ。この招集が行われたのは、アメリカ大統領が明確な声明を打ち出したときである――「アフガニスタンにおけるアメリカ軍の任務は八月三十一日に終了する。その先は、アフガニスタンの治安部隊が国を守り、アフガニスタン国民が国の将来を決める。米国はこれ以上何世代ものアメリカ兵をこの紛争に送り込むつもりはない」。これ以降、アフガニスタン政府には選択の余地がなく、自力で解決策を見出し、アフガニスタンの舞台にいる役者全員が一丸となる他ない――現在に至るまで、それができたためしはないが。

二〇二一年八月十日火曜日、北部のバルフ州に注目が集まる。タジキスタンとの国境にあるこの戦略的地域におけるタリバーンの圧力により、反政府勢力がここの州都であるマザーリシャリーフに近づくことに成功した。マザーリシャリーフは人口六十万人以上の国内第四の都市であり、シーア派にとって重要な地域である。この町を手に入れれば、タリバーンは主要な商業の交流地と千三百キロメートルにおよぶ北部の国境を支配できるようになる。この戦略的拠点は同時に、タリバーンに対する抵抗の象徴でもある。一九九八年、タリバーン運動と戦うために指揮官マスードの北部同盟がこの地で再結成された。タリバーンはこの町を掌握し、五千人以上のシーア派ハザーラ人を虐殺した。二〇〇一年に北部同盟が町を奪還すると、二千人のタリバーン捕虜が捕らえられ、コンテナのなかに何日も監禁され窒息死させられるか、ドスタム元帥の軍隊によって処刑された。これらの出来事はまだ記憶に新しく、互いの恨みを募らせている。

タリバーンの進撃はアフガニスタン中央部でもつづいており、バグラーン州では特にアンダラブ郡で大規模な衝突が起きている。ここには、サラン峠と、北部と南西部、そして主にカブール州とを結ぶトンネルがある。この結節地点が陥落してしまうと、タリバーンがこの国最大の商業ルートを掌握してしまうことになり、双方向の人的・物的資源の流れが制限されることになる。国の状況は非常に不安定となり、カブールとその周辺地域に難民がなだれ込んでくる。何百もの家族が北部の暴力から免れようと逃げてきて、中心街の公園や郊外に仮設テントを建てて身を落ち着ける。地元住民が彼らを助けにやってくる。政府はもうお手上げのようだ。

二〇二一年八月十一日水曜日からすでに、アフガニスタンの三十四州のうちの三分の一以上がタリバーンの手に落ちている。この大成功に乗じて、彼らは他の州都に武器を置いて降伏するよう呼びかける。一方、アメリカがアフガニスタン大統領に退陣を要請したという噂もある。それでもなお、カブールではいまだに楽観視している人が多く、国際コミュニティは、短期的にはこの地域でも首都でも戦闘は起きないだろうと予想している。

しかしその日、事態は急展開する。北部のマザーリシャリーフが、混乱した状況に陥る。ガニー大統領がやってきて、タリバーンをその征服したばかりの領土から押し戻すための反撃を開始する。五千人の兵士の増援が到着し、正規軍と地元民兵の統合指揮は、長年の敵対者であるマザーリシャリーフの長アタ・モハマド・ヌールではなく、お気に入りのアブドゥル・ラシッド・ドスタム元帥に託された。このとき、あの伝説の北部同盟が復活するかのように思われたが、しかしそれはこのふたつの軍閥のあいだで対立や緊張がなければの話だった。融和は二十四時間ももたない。ドスタム元帥は就任の翌日、怒って出ていきウズベキスタンに避難する。わたしは困惑しながら状況を見つめる。この離反は悪い前兆だ。事態は急転するように思われる。

治安部隊がふたたび優勢となったヘラートでは、タリバーンがものすごい数の増援を送ってくる。わたしは現地にひとり友人がいる。セマジという若い将官で、アフガニスタンの秘密情報機関NDS（国家安全保障局）の主任を務め、ヘラート州で働いている。彼は前線でタリバーンと戦っており、わたしたちはワッツアップで頻繁にメッセージのやりとりをしている。「タリバーンが押し寄せている。こちら側の兵士たちもまだ士気はあるが、それでも手いっぱいだ。なんとか持ちこたえる」

わたしは二〇一二年にパリでセマジと出会った。パリ政治学院の生徒だった彼は、わたしが内務省に代わって行っていたアフガニスタン副知事の研修プログラムに翻訳者兼通訳として参加していた。彼は、同じくフランスで大学に通っていた女性と知り合い、結婚した。国家情報機関での輝かしい将来が約束されているアフガニスタンへの帰国を決めたとき、奥さんはタジキスタン出身の両親のいるフランスに残りたいと言った。

セマジは、外国の一流校で教育を受け、政治的・戦略的な視野をもつ、アフガニスタンにおける優秀な若者のひとりである。この二十年間、血に飢えた蒙昧主義の波の猛攻にさらされ、なす術もなく崩れ落ちるだけの、現在の砂上の楼閣しか築き上げてこなかった政権の有力者たちを西側諸国が奨励し支援することをやめれば、この世代は間違いなく明日のアフガニスタンを担うエリートになるだろう。

セマジは非常に聡明で教養のある若者だ。その漆黒でモサモサのあごひげと、暗く鋭い視線からは想像もつかない、人間性と優しさにあふれた美しい魂の持ち主でもある。冷静沈着で威風堂々としており、ラジャスターン王子か、〝女王陛下に仕える〟英国貴族のような風格を醸し出している。彼の重厚さは冷淡なように見えるかもしれないが、それは彼が育った環境、すなわち絶え間ない戦争の世界が反映してのことだった。

セマジから送られてくるメッセージには、三週間にわたる戦争の過酷さが語られており、決然とした口調とは裏腹に、疲労感が感じられる。ある攻撃で、ロケット弾が彼の車に直撃した。彼は間一髪のところで生き延びた。

その運命の水曜日の夕べ、セマジとNDSのメンバーは包囲される。警察官とアフガニスタン兵はタリバーンを前に武器をおろす。彼はわたしに、この苦難のあいだわたしのメッセージが支えになってくれた、ありがとう、と短いメールを送ってきて、その後音信不通になる。わたしは胸が締めつけられる。彼のメッセージはまるで別れの言葉のようだ。最後の戦いに臨む者の最後の言葉。

もちろん彼のことが心配だが、その反面、諦めてもいる。彼は兵士で、国に奉仕しているのだ。

彼が義務を果たさなければならないのはわかっている。それでも心の奥では、彼が犠牲になることは計り知れない損失であり、非常にもったいないという気持ちが拭えない。この国の指導者たちは、この男たちの勇気と道義心に値しない。彼らの持つ尊厳と素晴らしさのかけらも持ち合わせていないのだから。

まったく抵抗を示さない妙に無関心な国民についてはどう言えばいいのだろうか？　そこかしこで、家に立てこもっていた住人が、タリバーン戦闘員を祝し、ためらうことなくアフガニスタン・イスラム首長国の白黒国旗を掲げている。だが実際、わたしはまったく驚かない。わたしはこの五年間、タリバーンのくびきから解放された人びとを見ている。女性を檻のなかに閉じ込め、精神に足かせをはめる民族主義的なイスラム過激派から解放された人びとを。わたしが目にするのは、イスラム原理主義に染まった家父長制社会である。カブールのど真ん中の、せいぜいいくつかの通りだけが例外で、そこだけは人為的な近代化の兆候が見られる。西洋の恰好をした人たちや不自然な装いの女性たちとすれ違う――スカーフからはみ出た髪の束が化粧をした顔にかかり、男たちの非難のこもった眼差しと、うわべだけの判断にさらされている。誰もが携帯電話を手にし、ＳＮＳが爆発し、音楽が流れ、アフガニスタン人たちが一日中食いついて見ているインドのドラマがテレビ画面に流れる。

ここから二百メートルほど離れると、郊外や地方も同様に、まったくの別世界になる。少女たちは十三歳になるともう学校に行かなくなり、十五歳で結婚し、女性たちは全身をベールで覆われ、どこへ行くにも男性に付き添われる。

ある日チキン・ストリートを散歩していたときに、アフガニスタン人の男性と交わした会話を覚えている。この通りはカブールの伝説的なショッピングストリートで、絨毯、布、宝石、その他の装飾品を売る店が軒を連ね、かつては欧米人が頻繁に訪れていたが、いまではわたしのようにあえて足を踏み入れる少数の外国人を除いてはすっかり廃れてしまった。ある店で、アフガニスタン人男性がわたしに話しかけてきた。わたしがそこにいることに驚いていた。どうやら教養のある人のようで、英語で話しかけてきた。

「知っていますか、わたしたちアフガニスタン人はうまくいっていないんですよ」と彼は言った。

――「これだけアフガニスタンで戦争が起きていると、生きていくのは難しいですよね」とわたしは答えた。

「戦争をしていようがいまいが、同じです。政府は国民のためになにもしてくれない。わたしたちを助けてくれない。政治家たちは私腹を肥やすだけです」

――「でも政府を変えられますよ。もうすぐ選挙がありますから」

彼は笑いだし、苦い表情を浮かべながらまっすぐわたしの目を見た。「ですが選挙をするのはあなたたちです。あなたたち外国人がわたしたちの国を占領し、誰が率いるべきかを決めているんです。この国の舵を取っているのはあなたたちで、わたしたちが一生拝むことのできない金を政治家たちに与えて彼らを裕福たらしめているのもあなたたちです」

気に食わないだろうが、わたしはあえて言ってみた――「たしかに理想的な状況ではないでしょうが、タリバーンよりはましでしょう」

彼の返事がブーメランのようにわたしに返ってきた――「わたしたちはタリバーンを恐れていません。彼らの統治下では、少なくともアフガニスタン人は皆お腹がすいたら食べることができました。そして言っておきますが、一家の主としてはそれがなによりも大事なことです」

彼のはっきりとした返事は、わたしがアフガニスタン社会で活動するようになってからずっと抱えていた不安をかき立てた。やはり、思考は変わっていないのだ。アフガニスタン人たちの思考はいまも変わらず、タリバーンたちと同じ社会基盤のうえに成り立っているのだ。

告げられた終わり

二〇二一年八月十二日と十三日、カブール

二〇二一年八月十二日木曜日、不安で夜に眠りから覚めて、セマジからの最後のメッセージやここ数日の出来事を反芻する。わたしたちはいま深淵の縁に立たされている気がして、これから起こることが心配でたまらない。夜が明け、祈禱時報のサイレンと車のクラクションが聞こえてきたので、ベッドから出る。澄んだ空のもと、見せかけののんきさのなかでカブールの町は目を覚ますが、SNSや情報番組では、不安を煽る同じようなニュースを国中に伝えている。刑務所、治安本部、州、空港の占拠。アフガニスタン軍は都市中心部から撤退し、攻撃移転をするために軍を再編成している。しかし、首都の援軍がなければ、しまいには反乱軍を前にして武器や装甲車両を捨てて、降伏するか逃亡することになる。南部の州都のひとつ、ガズニーでは、州知事と警察署長が降伏する代わりに身柄の解放を交渉した。ふたりともタリバーンにエスコートされながら町を去った。隣の州に送られるやいなや、彼らは大逆罪で警察に逮捕された。

わたしは携帯に釘付けになりながら、ツイッターに流れてくる投稿を読む。大きな都市がつぎ

つぎと陥落していくのが報告される。ヘラート、ラシュカルガー、カンダハールなどの象徴的な都市はいまにも落ちそうで、もはや時間の問題だ。事態の急速な変化によって、富裕層は国外逃亡のための飛行機のチケットの購入に殺到する。アメリカ大使館、イギリス大使館、そしてドイツ大使館は、自国の駐在員に対し、できるだけ早くアフガニスタンを去るように勧告する。

フランス大使館では、このような事態の変化にそこまで驚きはしない。何カ月も前に予期していたことが現実となっているだけである。しかし、これほど早く起きるとは思っていなかった。持っていく物の梱包手続きを至急やらなければならないし、なによりも通信網と機密文書の処分をしなければならない。わたしたちは指令がくだり次第いつでも避難できる準備が整っているが、あらかじめ、大使館が避難勧告を出したにもかかわらずまだ国に残っている最後の在留フランス人たちを連れてくる必要がある。

わたしたちはいま人手が足りていない。何名かはフランスで休暇を過ごしていて、もうじきカブールに戻ってくる予定だが、他はもう帰国して戻ってくる予定もない。それでもどうにか〝家〟を維持していかなければならないので、わたしはこのような状況のなか領事の役割を引き受け、フランス人コミュニティの責任者となる。二〇二一年八月十二日の午前の終わりに、わたしは在留フランス人に向けて最初のメッセージを発し、いつ飛行機が飛ばなくなるかもわからないので、すぐにでも国を去るように勧告する。アフガニスタンのフランス人登録簿とアリアドネ（国外にいるフランス人旅行者たちが、滞在に関する情報交換をするためのアプリ。深刻な危機が発生した場合にも、情報が提供される）のメンバーリストには二百四十名が登録されている。ほとんどのフランス人はすでに避難したか、あるいはしようとしているところだ。数人がいまだに言い逃れをしようとしている。その人たちは、首都は守られていると見ている。他の州都のように陥落することはないと踏んでいる。

その間、大使代理のトマが、各国の同職者と何度も会合を開く。ここ数日、彼はずっと走り回っている。文字通りにも比喩的にも。トマは熱心なランナーで、毎年パリ・マラソンに参加するために、大使館の地下にあるランニングマシンで鍛えている。だがこの〝カブール・マラソン〟は、国際外交的にはむしろ障害物レースと言ったほうがいいかもしれない。

彼は決断がくだされるたびに、わたしたちに教えてくれる。状況は悲観的なんてものじゃない。アメリカ外交代表団は、必要最低限のスタッフと領事スタッフだけを残し、空港の軍事地区にあるNATO軍基地に移転するつもりだ。外国大使館で働いていたアフガニスタン人通訳二名が、タリバーンに処刑されたという憂慮すべき噂がある。避難作戦実行のため、空港にすでにいる六百五十人に加えて、六千人のアメリカ兵が派遣される予定だ。

イギリス大使館も同様に大使館を空港に移転し、カブールに六百人のイギリス兵を派遣してセキュリティを強化する。空港警備の責任者であるトルコは、首都防衛のために軍を動員することはないと公言している。多くの大使館が、雇っていたアフガニスタン人スタッフの問題に直面し、すでにかなり前にアフガニスタン人の同僚とその家族を脱出させてしまっているフランスを真似て、避難手続きをとりたいと願っている。しかしその作戦を実行するにも、期限がますます短くなっているのに加えて、刻一刻と変わる安全上の問題で難しくなっている。春にはあれほど批判されていたフランスが、いまや助言を求められている。

逆説的だが、ドーハでは、複数の外国代表団の庇護のもと、アフガニスタン国内の二者間の交渉がつづけられた。最終的に出された宣言は楽観的なもので、だがなんの約束もしていない——ただ「武力によって勝ち得た政府を、国際社会は承認しない」ことが明言されているだけだ。タリバーンに感銘を与えるものでもなければ、彼らが日々邁進しつづけている歴史的勝利までの行進を思いとどまらせるほどのものでもない。

その日の夕方、ヘラート、ラシュカルガー、カンダハールが決定的にタリバーンの手に落ちる。それにガズニー州、バードギース州とゴール州とつづき、タリバーンの支配下にある州都は十五になる。日々、刻一刻とアフガニスタンの運命は墓のようにすこしずつ閉じていく。これらの重要な都市が陥落したことは大きな衝撃で、アフガニスタン人に抑えがたい恐怖を与える。国際社会は呆然とする。西側諸国の軍幹部で最も経験豊富な者たちは、もはや数日でカブールも陥落するだろうと踏んでいる。

わたしはヘラートにいる友人の将軍セマジからメッセージがきていないか、たびたび携帯を確認する。前回のやりとり以来、なんの音沙汰もない。彼の運命について淡い幻想は抱いていない。町はタリバーンの手に落ち、アフガニスタン人兵士や警察官が即刻処刑されているとの目撃証言が、戦闘地域から届いている。

そう思っていた矢先、メッセージが届く——「わたしは無事です。われわれはタリバーンの手中に落ちた。彼らがわれわれをどうするのか、わからない。でももうどうでもいい」。自分の意見を述べることのないあの彼が、このように幻滅して戦争に負けたと言っている。いま彼の頭にあることはただひとつ、国を去ることだ。カブールにたどり着くことができれば、フランスに戻って妻に再会する。

翌日、彼とその部下たちはおそらく解放されるだろうと知らせてくる。そのような寛大さは普段のタリバーンには見られないので、わたしは半信半疑でいる。するとその日の夜、タリバーンはセマジや他の幹部たちをカブール行きの飛行機に乗せ、家に帰っていつ召集されてもいいように準備しておけと命令する。明らかに、タリバーンの新指導部は、幹部経験のある者たちの専門知識を活用し、生かしておくと決めた者たちの能力を利用しようと考えている。セマジは、タリバーンがアフガニスタンの治安組織をスムーズに移行するうえで頼りにしている人物のうちのひとりだ。

二〇二一年八月十三日金曜日、新北部同盟の希望の星だったマザーリシャリーフとクンドゥーズが崩れ、タリバーンの手中に落ちようとしていた。戦闘が拡大、激化する最中、政治面ではなんとか停戦にこぎつけられるようドーハでの協議が再開される。アフガニスタン政府の代表団は諦めて、平和的な政治移行のための合意のうえで長らく一番の障害となっていたガニー大統領を手放すことにする。

カブールでは、その日は金曜日がいつもそうであるように、祈りの日のため通りには人気がないが、普段とは異なる沈黙と落ち着きが街にひろがっている。モスクには信者が集まるが長居はせず、モスクに行く以外人びとは家から出ない。この重苦しい雰囲気に拍車をかけているのが、

ＳＮＳ上で流れはじめている、街の入り口に立つタリバーン戦闘員たちの画像だ。大使館で、わたしたちはここに避難してくる在留フランス人たちの受け入れ準備に追われる。安全上可能なかぎり受け入れろとの指令が出る。

最後の移送

二〇二一年八月十四日土曜日、カブール

土曜日、一日中そして夜にもかけて、アメリカのヘリコプターはアメリカ大使館のスタッフだけでなくグリーンゾーンを去る他の外交代表たちを空港までピストン輸送する。異様な雰囲気が漂い、まるで濃い霧のなかを進んでいるようで、いまにも足元の地面が崩れるような感覚だ。多くのことが手からすり抜けていく。夜が終わるたび、日がはじまるたびにすこしずつ何かを失っているような気がする。

その日、ヘラートからセマジがやってくる。夕方、わたしは大使館から百メートルほど離れたところにあるザンバク検問所（大統領府、NATO本部、フランス大使館を含むグリーンゾーンにある多くの大使館へのアクセスを管理・保護している）で彼を迎える。

彼は誰にも気づかれたくなかったし、気づかれてはならない。彼がここに来たことは、誰にも知られてはならない。わたしがいれば、検問を通過する際に身分証を見せずに済む。

セマジはわたしに微笑みかけるが、その目は暗い。痩せ細り、憔悴しきった様子で、精神的にも肉体的にも疲れ果てているようだ。彼の第一声は、差し迫った惨事を前にして、強権的で盲目的で耳を貸さない政府に対する恨みと怒りを露わにしたものだった――「なにもかも終わりだよ、モー……。もう誰も戦おうとしない。抵抗もしない」。彼はヘラートの前線での様子を話してくれる。軍と警察の脱走、部下たちの命を救うことと引き換えに降伏したこと、恐れていたよりも残忍ではなかった尋問、ここカブールでまだ合法的な政府が存在するにもかかわらず、タリバーンの指令に従えるようにしておけとの命令。今日、三十四歳にして、セマジはただただ国を去ることしか願っていない。彼が生まれて以来、戦争の景色しか見せてこなかったこの国を後にすることしか。

「わたしたちはすべて失った。わたしは辞表を出した。この国にもう未来はない。明日の午後、パリに向けて出発する」と、絶望の入り混じった怒りを露わにしながらわたしに言う。そして、「後悔はない。やるべきことはやったし、すべてやった」と加えて言う。

彼はエミレーツ航空の飛行機の席を手に入れた。ラッキーだった。飛行機代は数日前と比べて三倍に跳ね上がり、数を減らしている。わたしたちは感慨深く別れを告げ、すぐにフランスで会おうと約束する。「きみがしてくれたことをけっして忘れないよ、モー。新しい人生のために、また会おう」とセマジは言ってから、検問を通り、向こう側へ消えていった――本当には見ていない見張りの前を通り過ぎていく、重い足どりの将官。

夜のあいだにタリバーンは、カブールから二十キロほど離れたところにある、攻略不可能と言われていた城塞を持つプルチャルキ刑務所を占拠して、一万五千人の囚人を解放し、いまでは首都の、権力の入り口まで来ている反乱軍を膨らませる。

陥落と恐怖

二〇二一年八月十五日日曜日、カブール

二〇二一年八月十五日日曜日、午前四時半。眠れない。なにもかもが慌ただしい。カブールの街角や荒廃したこの国のなかだけでなく、わたしの頭のなかも、疲労のせいもあって、考えることができず同じ考えがぐるぐる回っている。わたしは悲劇的な転覆の始まりを予感している。と同時に、あまりにも非現実的なので、ときどき、わたしたちを取り巻くこの狂気から遠く離れたところで目を覚まそうとしているのではないだろうか、と思うときがある。一晩中、目を疑うほどの出来事が一分ごとに更新される情報を追っていた。最初のタリバーン部隊が街の郊外にいると報告される。大使館はまだ眠っているように見えるが、実際には誰も眠っていないだろう。今日はアフガニスタン国民にとって、決定的で劇的な日になるだろう。きっと血の海にもなるだろうが、今回は誰もそれを止められないだろう。

首都は不確かさのなか目覚める。情報は目まぐるしく変わり、政府は、政治・治安組織内の多数の離反者に直面する。市民はショック状態に陥り、普段だったら夜明けとともに活気づくはずの通りには、人っ子ひとり見当たらない。ＳＮＳ上のやり取りも減っている。政府だけが、矛盾した情報を流すことで、事態をコントロールしているかのような印象を与えようと躍起になっている。

国家元首は毅然とした態度で、なにがあってもその地位にとどまる決意を掲げるものの、午前中までしかもたない。午後になると、いなくなってしまった。こっそりと、大半の側近たちを連れて国を去った。

この情報はあっという間に広まる。アフガニスタンの国を統括する者が、もはやひとりもいなくなってしまった。公務員は職場を放棄し、軍や警察もパニックに陥り、イスラム首長国の旗を風にはためかせながらすでに街を練り歩いているタリバーンに対し、持ち場や兵舎、車両を放棄している。タリバーン戦闘員たちは戦わずして通りを闊歩し、通行人たちは彼らがいることに驚いたような顔をして彼らを動画に収める。

その前日、フランス大使のダヴィド・マルティノンは、日増しにすこしずつ心を蝕んでいく戦争や緊迫した状況から遠く離れて家族と過ごしていた穏やかな休暇から、急ぎ戻ってきた。彼はこの制御不能の状況における危険を承知のうえで、フランスの代表者の名のもとに義務を果たすために戻ってきた。あるいはそれよりも、大使館職員のことで責任を感じているから、それぞれの人生においても最も大変なときにそばにいてやりたいから、そしていまならまだ間に合うので避難させられる人たちを避難させるために戻ってきたのかもしれない。莫大な資力を有しているアメリカ大使館は、まだ移動していないすべての外交官に対し、即刻グリーンゾーンにあるヘリコプター離陸場に戻り、空港の軍事施設であるNATO軍基地へ移動して、そこで避難活動の指揮をするよう呼びかける。時間が迫っている。あと数時間で大使館エリアも安全ではなくなる。フランス大使館の前にはすでに見張り番がいなくなっている。ザンバク検問所の詰所に武器も制服も脱ぎ捨てて行ってしまった。

その日の朝はまだかろうじて、われわれの大使館職員の何人かがトルコ航空の飛行機に乗ることができた。それが最後の便で、それ以降すべての航空会社が運航を見合わせることになる。午後には、大使と同様にフランスから戻ってくる職員が乗っていたエミレーツ航空の飛行機が、そのままUターンをしてドバイに戻っていった。多くの在留フランス人は、その便でアフガニスタンを去る予定だった。やむなく彼らは予定を変更してフランス大使館に避難しにやってくる。というのも、街中ではすでに混乱が大きくなり、人びとは恐怖に襲われていたのだ。

わたしの携帯は鳴りやまず、電話と目撃情報が殺到し、皆同じ困窮を伝えてくる。セマジは窮地に陥る。彼のフライトが延期になってしまったため、カブールに戻らなければならない。でもどこへ？　その日の午前中、タリバーンが彼の家に家宅捜索をしにやってきた。自宅に戻ることはできない。セマジはからくも捕まらずに済んだが、もし捕まっていたらヘラートのときよりも悲惨だっただろう。いまはなんとしても早急に大使館に行かなければならないが、道は安全ではないし、どこもかしこも混乱状態だし、それにザンバク検問所もおそらくすでにタリバーンが乗っ取っているだろう。わたしは埃をかぶっている白いトヨタの4WDに乗って出ていく。似たような車両ばかりで目立たない。空港に向かおうとする何百台という車が屋根のうえまで荷物をのせてひしめき合い、車はまったく動かない。我先にと奪い合いながらぎゅうぎゅうに乗ったタクシーを呼びとめる人びとの叫び声やクラクションのなかを、わたしはかろうじて車の流れに逆らって道をつくっていく。わたしは混沌のなかセマジを拾い、空港へ行くには空から行くしかない、とこのときわかる。セマジはじっと空の一点を見つめ、かすれた声で言う――「ほらな、言っただろう、タリバーンはカブールを乗っ取るのに戦う必要もなかった……。また二十年前に戻ってしまったよ。わたしたちの国はいったいいつになったらまた自由になるんだろう」

フランス大使館から避難せよとの指示がおりたが、在留フランス人たちがまだここに向かっているところなので、彼らを置いて行くわけにはいかない。フランスへのビザを保有しているアフガニスタン人も例外として、一緒に避難することになっている。というのも、このときにはすでに在留フランス人のみを避難させることがわれわれの唯一にして主要な任務だったのだ。われわれの同僚で脱出させてあげるアフガニスタン人たちとその家族は、もう数カ月前に脱出済みだった。

なにがなんでも避難活動を始めなければならない。さもなくば時間がなくなる。大使は他の外交官や職員とともにできる限り早く出発し、空港のNATO軍基地内にある、アフガニスタンのNATO軍に安全な通信サービスを提供するフランスの大手電機企業タレスの敷地内にフランスの作戦本部を立ちあげなければならない。そこから、大使はパリや基地内にいる他国の大使たちと作戦実行のために連携をはかることができる。

昼前、ばらばらにやってくるフランス人やアフガニスタン人を引きつづき迎えるための救助チームをあとに残し、大使はヘリコプターに乗って出発する。順調にいけば、午後の終わりにはすべての人が集まり、夜には空港に行くことができるだろう。

八月十五日日曜日の午後、約三十人のフランスとヨーロッパの国外駐在員たちがフランス警察の分遣隊に導かれて、空港への移送のためアメリカ大使館へと向かう。そのなかには、フランス大使館に避難していたEU代表団の大使もいる。これらの人びとのほとんどは、アメリカ軍によってドーハへ送り届けてもらうことになるだろう。フランスがアラブ首長国連邦のアルダフラにあるフランス軍基地の航空機とフランスから直接来る特殊部隊を用いた独自の軍事作戦「アパガン作戦」を立ちあげる前に。

アフガニスタン人は、避難作戦に組み込まれているとはいえ、すぐには出発できない。アメリカ軍は彼らを自分たちのヘリコプターに乗せて移送する予定ではなかったため、許可がおりるのを待たなければならない。大使館にやってきた者は、大使館職員の事務所や宿泊施設がある、最も保護された場所に受け入れられている。わたしは、午後の終わりには、フランスの外交官公邸に避難してきているフランス人、外国人、アフガニスタン人合わせて約八十人全員を連れていけるだろうと思っている。すべての人が対象になるべきだ——フランスのパスポート保持者、EU諸国やNATO加盟国の国民、フランスのビザを持つアフガニスタン人、そして日々増えつづけるフランス外務省のいわゆる〝要注意人物〟リストに含まれる人たちでさえ。

わたしはセマジを施設内に確保することができたが、彼は落ち着かない様子だ。タリバーンの幹部たちが彼に電話をかけ、携帯電話で追跡してくる。即刻自宅に戻るように命令してくる。幸いにも、セマジはスマートフォンからGPS機能の付いていないシンプルなキーパッド式携帯電話に替えていたので、彼らに居場所は知られていない。

タリバーンに狙いをつけられているのはセマジだけではない。プルチャルキ刑務所襲撃をわれわれに教えてくれた、介入部隊の若き大尉ダイールも彼らから逃げているところで、われわれに助けを求めている。彼は、フランス国家警察特別介入部隊RAID（捜査・支援・介入・抑止）にあたる、アフガニスタンの国家介入部隊、危機対応チーム（CRU222）のメンバーである。まだ三十歳にもなっていないのに、CRU222に入ってすでに十二年になる——平均寿命の短いこの仕事からすると、永遠に値する。五百人を有しているCRU222は、設立から十五年のあいだにおよそ半数の人員を失った。ダイールは英国軍士官を養成するサンドハースト王立陸軍士官学校での訓練コースを終え、数週間前にカブールに戻った。彼は最も血なまぐさい襲撃事件を何度もかいくぐってきた。彼はチームのなかでも最も経験豊富なメンバーのひとりとなった。

イローラムもエリートのひとりだ。彼はフランス語を話し、チンギス・カン軍の末裔たちであると伝説が謳うようにアジア系の顔をしたシーア派ハザーラ人である。彼は国家元首直属の、国の安全保障機構を監督する機関である国家安全保障会議（NSC）の主要メンバーだ。わたしはセマジと同時期にイローラムにも出会った。彼もセマジと似たような経歴をたどっている——フランス国立行政学院の自由聴講生、アフガニスタン行政における要職、副大臣就任を打診されたことのある政治家。アフガニスタン・フランス文化センターに派遣されていた大使館職員の彼の妻は、五月初旬にフランスに送られていた。

タリバーンはなにがなんでも彼らを見つけ出し、捕らえるつもりだ。そしてすぐに処刑するのだ。時間の問題だ。いま彼らの身の安全はわれわれの手にかかっている。

ルーベの運河

一九八〇年三月

一九八〇年三月のある日、夜はすっかり更け、わたしはフランス北部の町ラノワにあるちいさな製鉄所の倉庫に沿ってつづく線路の脇道を足早に歩いていた。震えるほど寒い夜だった。三月の頭だったが、まだ寒さがつづいていた。もう夜の十時近くになっており、翌朝はまた朝の五時から仕事だった。明日の疲れる仕事の前に数時間は寝ておかなければならなかった。薄暗がりのなか、わずかな鋼鉄のやすり屑が光り、足元で音を立てていた。見る分には美しく、音を聞く分にも心地よいが、この屑鉄のかけらは非常に鋭い。転ばないように気をつけなければならなかった。

線路の端にたどり着き、染色工場の汚水が流されている運河の曳舟道にさしかかった。水と泥の悪臭が鼻をつく。

子供の頃はこの沼地で、廃材で作った間に合わせの舟でよく遊んだというのに。人びとはなんでもかんでもこのちいさな運河に投げ捨てるので、黒い沼底に埋まっている尖ったもので怪我をすることも珍しくなかった。

わたしはやっとの思いでラ・レニエール・ド・ルーベ社での仕事を手に入れたので、失うわけにはいかなかった。臨時雇いだったので、一分でも遅刻したら契約を切られるかもしれなかった。わたしは絶対に遅刻しないため、そしてやる気を見せるため、かならず始業の三十分前には行くようにしていた。いつか正式な契約を結んでもらえるかもしれないという希望を持つためには、そうするより他なかった。たとえおそらくそんなことにはならないだろうとわかっていたとしても。

一九八〇年三月のその夜、わたしは世間一般の十八歳と変わらずのんきな若者だった。毎晩寄っていた当時の彼女であり未来の妻であるマリー＝クリスティーヌの家から帰るところだった。いまでは製鉄所から何トンもの鋼鉄を出し入れする貨物列車にしか使われていないこの線路をたどって帰宅していた。この道が近道だったのだ。数週間前に原付を盗まれて以来、よくこの道を通っていた。

自宅まであと百メートルほどの、運河沿いの道を歩いているところだった。わたしの住む通りに行くために渡らなければならないちいさな木の橋のそばに、警察のバンが停まっていた。

三人の警察官が車からおりてわたしの方に向かってきた。わたしはジャンパーのポケットに手を入れて身分証を取りだそうとした。警察の職務質問は頻繁にあり、すばやく身分証を出さなければならなかった。わたしは状況の異常さと彼らの敵意むき出しの表情にすぐには気づかず、ただ警察官のひとりが非常に低い姿勢で足を引きずっているのだけ見て取れた。

わたしは身分証を見せる暇もなかった。ひとりの警察官がわたしの肘をつかみ、他のふたりがわたしを激しく殴りはじめた。人種差別的な罵りとともに殴打が襲いかかってきた。わたしは自分を守ろうとせず、いままでしたこともないような叫び声をあげた。数十秒後、わたしは警察バンのなかでうつ伏せに寝転がり、背中で手錠をはめられ、ふたりの警察官の足元で分厚い靴底のかかとで蹴られつづけていた。

わたしは怖かった。どのようにしてこの暴力の嵐に耐えられたのかもわからない。ただひとつのことが頭から離れなかった――家に帰って、明日仕事に行かないと。だがもはや話すのも怖くてできなかった。抗議するたびに拳が飛んでくるから。警察署の前にバンは停まった。わたしは乱暴に引きずり出され、ちいさくて汚い独房に放り込まれた。一言の説明もなしに。わたしは冷静さを取り戻し、落ち着こうとしたが、自分の感情、恐怖、ショックに圧倒されてしまった。人生が崩れ落ちようとしていた。

時間が過ぎていった。すでに夜の十二時を回っていたが、自分がなぜこの尿の臭い――ルーベの大広場に古くからある共同便所を思い出した――の染みついた吐き気のする独房に入れられているのかもいまだにわからなかった。横になることもできなかった。コンクリートのベンチは吐瀉物で覆われ、床は排泄物の跡で汚れていた。わたしは疲労と戦いながら、なす術もなく誰かが帰っていいと言いに来てくれるのを待っていた。

とても寒かった。この独房には暖房機などもちろんなかったが、なによりも体の内側が冷え切っていた。わたしを温めてくれるものなど何ひとつとしてなかった。体中が痛み、顔も体も腫れあがり、汚れた感じがして、服には靴跡がついていた。

午前三時、ようやく捜査官がわたしのところにやってきて、手錠をかけ、ひとことも言わずに部屋に連れて行った。彼はわたしを私服刑事の向かいに座らせた。刑事はわたしに一瞥もくれずに古いタイプライターを打ちつづけていた。

わたしは打ちひしがれて椅子に座り、前夜の教訓を活かして話してもいいと言われるまで話さないようにしていた。それでも、部屋が暖かかったし刑事も信用できそうな印象だったので、すこしだけ気分がましになっていた。彼はロールネックのジャンパーにくるくるした髪の毛と丸い眼鏡といういで立ちで、人のよさそうな雰囲気があり、親しみを感じさえした。わたしは一、二度声をかけてみようかという誘惑にかられたが、彼は黙ったまま、タイプライターに没頭していた。

長い数分間が過ぎた。すると刑事が突然頭をあげ、機械的に質問を立てつづけにしてきた──氏名、家族、住所……。わたしも同様に機械的に答えていった。そろそろわたしがここにいる理由について聞けるのかと思った矢先、彼はタイプライターから紙を抜き取ってわたしの前に置き、右下に署名するように言ってきた。わたしは用紙を手に取って読もうとした。すると刑事は乱暴に紙を奪い、もう一度わたしの前に置いた──「俺を怒らせるようなことはするな！」彼はかがみこみ、顔を近づけて言った──「どうして読もうとするんだ？　自分がなにをしたかよくわかっているだろう。ほら、署名しろ、いますぐ！」

心臓が破裂しそうなほど強く打っていた。数行だけざっと読むことができたが、警察官に対する暴行について書かれていた。頭のなかでパズルのピースがつながりはじめ、頭蓋骨のしたでは制御不能の嵐が起こりはじめていた。こめかみがあまりにも激しく脈打ち、体中を駆けめぐる血の圧力に破裂せんばかりになっていた。

わたしはパニックに襲われた。書類にサインしてしまえば、自分の死を宣告するも同然である。さっきまでそこにいたが、死を告げる運命から逃れることはできずに刑務所に入れられてしまう。絶望に対するあらゆるエネルギーを集結し、内容を知らずに調書にサインするのをなんとしてでも拒否しなければならなかった。

わたしは言葉を選び、警察官の聞き慣れない語彙と弁舌でもって自分を表現した。これはわたしの特技のひとつだった。外国出身にしては、少なくとも生まれた環境のなかでは、国語が優秀だった。刑事はわたしをじっと見て、すこし挑発的に言ってきた──「読め、じっくり時間をかけてな」

わたしは書類を一読し、かけられている容疑がわかって呆然とした。逮捕された前日、警察は職務質問を拒否し原付に乗って逃げた若い男を追っていた。原付が倒れ、警官のひとりが職務質問を行おうとしたら、男は太いチェーンで警官の脚を数度殴り、ふたたび逃走した。調書を読みながら、逮捕されたときに警官のひとりが足を引きずっていたことを思い出した。

調書を読めば読むほど、わたしの顔は明るくなった。わたしがこの容疑者であるはずがなかった。目の前にはっきりとそう書いてあった。問題になっているその日時、わたしは毎晩そうであるようにマリー＝クリスティーヌの家で彼女とその両親と一緒にいたのだ。わたしは頭をあげ、ほとんど歓喜しながら探偵映画に出てくるセリフを口にした——「僕にはアリバイがあります！」

この言葉には期待していたほどの効果はなかった。刑事は笑いだす。「はいはい、みんなそう言うんだよ」。わたしは直ちに婚約者とその両親の氏名と住所を教えた。まさにフランス人の名前の持ち主たちなので、必然的に信頼もおかれる。反応は素早かった——刑事はわたしに彼らの電話番号を訊き、電話を手にした。

マリー＝クリスティーヌの父親が電話に出て、わたしが刑事に説明していたことを裏づけた。父親はまた、わたしがすっかり忘れていたある重要なことを証言してくれ、それによって刑事は思いがけず怒りだした。電話を終えると刑事は廊下に出て、警察署全体に響きわたる声で叫んだ——「おいなんだよ、ミシェル！　このクソ報告書はなんなんだ？」怪我をした警官の名前を呼んでいるのがわかった。調書にも書かれていたし、彼が同僚とともにわたしを逮捕したのだ。廊下でふたりの激しい口論がはじまった。刑事は、わたしの知らない名前を次々と口にしながら、犯人はわたしじゃないとわめき、夜勤の者たちを呼べと命じた。

刑事はわたしに、部屋を出て廊下のベンチで待つように頼んできた。数分後、トレーニングウエアを着た三人のがっしりとした男が刑事の部屋にどかどかと入っていった。彼らが夜勤の人たちで、ルーベの夜間特別警戒班だった。そのなかのひとりに見覚えがあった。事件当日の夜、出勤する直前にマリー＝クリスティーヌの家に夕食後のコーヒーを飲みにやってきたのだ。

モンペリエに赴任した元同僚の頼みで、彼は来ていた。その元同僚というのはマリー＝クリスティーヌの両親の近しい友人で、彼に国家警察の良さを伝えさせ、警察官になるための試験を受けるようわたしを説得するよう頼んだのだった。

この夜勤警官には感謝するばかりだ。彼のおかげで真実を再確認し、わたしの汚名が晴らされた。部屋に入るとき、彼はわたしに暗い視線を投げかけてきた。出てくると、わたしのほうに来て、ばつの悪そうな様子で、大丈夫かと訊いてくれた。うん、もう大丈夫だ、でももう仕事に行かないといけない。毎朝念のため三十分早く行く時間には、すでに遅れていた。

わたしに職務質問をかけ暴行をはたらいた警官たちは、わたしが犯人じゃないことは十分わかっていたはずだが、彼らには犯人が必要だったのだ。誰でもいいから誰かが罪を償わなければならなかった。北アフリカ系の男であれば誰でもよかった、それが犯人の風貌だったから。

彼らは近所の入り口に張って、機会を狙っていた。わたしは格好の的だった、この界隈にいる若者たちがグループでかたまって行動するなか、わたしはひとりで歩いていたから。

わたしは人生を取り戻した。しかし、この地獄の夜が社会に対するわたしの見方を変えてしまった。わたしは弱かった！　自分の出自がわたしを弱くさせていた、そしてこれは一生ついて回るハンディキャップとなるだろう。

時とともに、わたしは自分の周りに殻を作り上げていった。日を追うごとに、殻は厚みを増していった。わたしの人格を形成すると同時に、わたしが常に目指してきた理想をどうしようもなく損なうような経験や侮辱に耐えながら。

北フランスのちいさな町の運河沿いで、あの日わたしの人生は危うく転覆するところだった。

その二年後の一九八二年、わたしは国家警察の一員となった。初等教育終了証さえ持っていれば受けられる警察官の試験を受けたのだ。一九〇〇人中二十二位の成績で合格し、県番号が二十二番のコート＝ダルモール県サンブ＝リューにある警察学校に通った。迷信など信じるわけではないが、なんとなく縁のようなものを感じた。パリ郊外の警察署、〝パリ警視庁〟のちいさな扉を入ると、わたしのロッカーの番号も二十二番だった……。

弱体化した安全

二〇二一年八月十五日夕方、カブール

われわれのいる複合施設の外では、事態がますます緊迫化している。内部では、困難が山積みである。フランス大使館が雇った民間警備会社は早々に引きあげてしまう。その職員である二十二人のインド人のグルカ兵(ネパールの戦闘集団。忠実で勇敢であることで知られ、とりわけ第一次および第二次世界大戦のあいだに英領インド軍に雇われた。インド独立後の一九四七年に、一部のグルカ兵たちはイギリス軍に組み込まれた)たちは、自分たちに降りかかる脅威から逃れるためにすぐにでもアフガニスタンを去らなければならなかった。この二十四時間のあいだに、タリバーンによってインド人が処刑されているという新たな噂が流れているのだ。タリバーン運動は、インドと極度の不和状態にあるパキスタンに支持されている。アフガニスタン領内では、しばしばインド人勢力に対しタリバーン系のテロリスト集団による直接的な脅威や攻撃がなされてきた。グルカ兵たちは出国する手段を持たず、カブールにある彼らの大使館は今後の見通しもなにも与えてくれない。危険を承知で、われわれの警備部隊の警察官が空港まで彼らを送り、無事に出国することができた。

ここにはもはや外交官も、他の機関の代表者もいなくなっている。もともといた二十人のうち十一人の警察官しか残っていない。残っているのは、警備部隊長のマルタンとその部下たち――クリストフ、ドミニク、フレデリックとステファン、そして警察署やCRS、国境警備隊などさまざまなところから派遣された大使館の警備要員たちだ。マルタンは経験豊富で信頼のおける士官で、RAIDでの長いキャリアを持つ。大使の身辺警護班からも数人加わっている――セドリック、JC、ジェローム、ニコラ、そして二メートル近い巨人で毅然としたグラディエーターである班長のロメオ。他の警察官は大使や秘書たちに付いて空港に行き、警護している。その一方、マルタンの副官でRAIDの伝説的人物であり、RAIDの主要な作戦すべてに携わってきたマルシャルと、RAIDの技術者のカメルのふたりは、休暇で過ごしていたフランスからカブールに向かおうとしているところだった。強い決意と粘り強さで、ふたりはオルレアン、イストル、アブダビと何度も軍用便を乗り換えて、カブールに到着するのだった。

連絡手段が大幅に縮小されているいま、不測の事態が起きないことを祈るばかりだ。外交安全保障手続きに従い、暗号（大使館や軍で使用されている、暗号化通信網）は壊され、インターネット・ネットワークや電子メール通信も遮断されている。残されているのは、電波の範囲が限られている無線と、非常に質の悪い地域電話網だけである。カブールでは、ほとんどの連絡が、より実用的で有効なインターネットを通して行われている。

日が沈みはじめる。ゆっくりと時間が過ぎていき、わたしたちはいらいらしながら出発の時を待っている。中庭には、捨てられた十数個のスーツケースが散らばっている。ヘリコプターや車のトランクに入りきらず持っていけなかった人たちの大切な物が入っている。

「もう持ち物はこれだけよ……。人生のすべてを捨ててきたわ……」とAFP通信員のエリーズはわたしに泣きながら打ち明ける。こんな混沌のなかにおいても、いまだに彼女は出国の必要性を感じていないのだった。AFP通信のアフガニスタン人職員をなんとしてでも避難させてほしいとわれわれを急き立てていたにもかかわらず。

われわれは全部で百人ほどおり、ヘリコプター二機分といったところだ。しかしアメリカ軍は、われわれの大半を占めているアフガニスタン人を乗せる準備がいまだに整っていない。ヨーロッパ人は数人いるが、フランス人はソニアという、他の在留フランス人たちと一緒に出国するのを拒んだジャーナリスト以外ひとりもいない。彼女のパキスタン人のアシスタントは、アメリカのヘリコプターに乗る許可がおりていない。何物も彼女の意思を変えることはできない——彼と一緒でなければ出国はしない、それだけは確かである。

ソニアはパートナーと一緒に暮らすパキスタンとアフガニスタンを長年取材してきた。国中を巡って数多のルポを手掛け、タリバーンや元ダーイシュ、アフガニスタン政府関係者へのインタビューを行ってきた彼女でさえ、今回のタリバーンによる驚異的な進撃に驚きを隠せない。軍人、ジャーナリスト、戦略家、あるいは一介の警察官であれ、いったい誰に、タリバーンがものの二十四時間もしないうちにカブールを陥落させることができると予想できただろう。

その間、わたしの同僚のレイがこちらに合流しようと奮闘している。彼はまだ休暇でフランスにいるが、事態が悪化したらカブールに戻ると前もって言っていたのだ。事態は急速に進行している。われわれも数時間後には避難していることだろう。レイは仲間意識と同志意識がとても強い。たまにしか会えない息子との休暇を犠牲にする心づもりでいることが、わたしにはわかる。しかしフライトに二十時間近くかけてこちらに来る猶予はすでになく、彼は苦難に立ち向かう瞬間に一緒にそばにいられないことを詫びる。「おまえを置いてきて、一緒にいられないことをひどく後悔している。恐れていた最悪のシナリオだ」とメールを送ってくる。「心配するな。もっと悪い場合もあった……俺たちみんなが大使館で人質にとられるとか」とわたしは返事する。このときは、わたしの言葉がどれほど予知的であるかは考えもせずにいる。

わたしたちは定期的に電話をかけあう。彼の言葉、応援、励ましがわたしの頭のなかで響く。彼の声は、元外国人部隊の兵士である彼の感情をもはや隠せてはいない。ときどきわたしたちの邪魔をしてしまうんじゃないかと、ばつが悪そうにするときがある。だが彼からの毎日の電話、助言、ゆるぎない友情は、わたしを本質的なもの——わたしたち皆のなかにある人間性——へと立ち返らせてくれる。そしてそれは戦禍においては、常に失う危険のあるものである。

大勢のアフガニスタン人がいま首都を離れるために空港に押し寄せている。空港内を踏み荒らし、滑走路に侵入している。この混沌とした光景の映像は世界中で放送されつづけ、何百人もの絶望した男たちが飛行機のタラップに殺到したり、走り出している飛行機に命がけでよじ登ろうとしたりしている姿が見られる。アメリカ軍が空港エリアの指揮を執り、ついに空港は閉鎖されることになる——犠牲者を出さずに。

その日の終わり、大群衆がフランス大使館に向かって集まってきて、正門の前に押し寄せる。

彼らは、まだタリバーンがきちんと制御できていないザンバク検問所をすんなりと通過したのだ。グリーンゾーンで門戸を開きつづけているのはフランス大使館だけである。

他の大使館は、自国民のことをあまり気にかけていなかったので、わたしたちの大使館がアメリカ人、オーストラリア人、オランダ人、ベルギー人、スウェーデン人やその他の国籍の人たちの集結点となり、そこからアメリカのヘリコプターに乗せることになっている。わたしたちがいなければ、彼らの運命はどうなっていたのかわからない。いまとなっては、アフガニスタン国民を受け入れる唯一の大使館でもあり、アメリカの輸送拒否に対する解決策が見つかるまで彼らを保護するという人道的義務を負っている。

それと同時に、それぞれの状況や困難を随時知らせてくる在留フランス人たちとの連絡にも、最善を尽くしている。多くの人が、口コミで知ったわたしたちに最終的に連絡してくる。この手の人たちは、領事名簿登録やアリアドネに登録する必要などないだろうと踏んでいた人たちである。あるいは、登録はしてあったものの、出国勧告に従うほどの状況ではないと判断したかだ。アフガニスタン国民を襲う不安に影響をうけて土壇場で名乗りをあげるのは、だいたいが二重国籍保持者である。大使館の門の前や、百メートルほど離れたザンバク検問所で待っている者たちがいるので、入れてあげなければならない。しかしそれを行うことがだんだんと難しくなってきている。扉を開けるたびに、危険にさらされるのだ。制御不能の大群衆が押し寄せ、一人ひとりの振る舞いもますますヒステリックに、もはや暴徒化している。多くの人が手段を選ばずに強行突破しようとしており、人びとが壊そうとしている非常に重い装甲ゲートや群衆に子供が押しつぶされないために扉を閉めようとすると、子供を盾に進もうとする。

街中や大使館周辺の緊迫感は募るばかりだ。ピークに達したのは夕方で、この二十四時間われわれの周辺上空を飛びまわっていたアメリカ軍のヘリコプターが標的にされたときである。

その夜、はじめて、ＣＨ－47チヌーク（タンデムローター式・ターボシャフト双発の大型輸送ヘリコプター）とＵＨ－60ブラックホーク（アメリカ軍の攻撃ヘリコプター）の耳をつんざく轟音が、銃撃の爆発音をカバーしきれなくなる。われわれの頭上の空で、ヘリコプターが投下する曳光弾や赤外線対ミサイルデコイが光っているのが見える。アメリカ軍の司令官は、一時的に飛行を取りやめるよう決定する。実際には、それ以降ヘリコプターがグリーンゾーンや首都の上空を飛ぶことはもうなかった。

カブールでは、ヘリコプターは景観の一部になっていた。グリーンゾーンと軍の空港間を定期的に飛んでいた。個人の移動に関しても、大使館やＮＡＴＯの職員はけっして街路を使って空港に行くことはなかった。いつなんどき危険な目に遭うかわからない陸路を使うのは、フランス大使館職員などの一握りの人たちだけである。わたしが二〇一六年にここに来てからというもの、早朝のヘリコプターの音で目を覚まさなかった日は一度だってない。年間約三万回移動している。ヘリコプターはわたしたちの昼夜のリズムを刻んでいた。

そうしてヘリコプターによる移送が完全に断たれてしまったため、われわれは自分たちの保有している七台の４ＷＤと十四人乗車用の装甲化されたミニバスを使った陸路による避難に方針転換をする。全員を運ぶには少なくとも三、四往復する必要がある。空港に押し寄せる車で道路がふさがれているのを避けるため、行動を開始するのは夕方か夜になるのを待たなければならない。空港が封鎖されたいま、フランス大使館だけに何百人もの熱に浮かされ、怯えた人びとが集まってきて、その場を離れようとしない。彼らは門扉にはりつき、そこで一夜を明かすつもりだ。

したがって敷地内へ侵入される危険なしに外へ出るのは不可能だ。選択の余地はない——出発を延期し、全員をわたしたちの生活エリアであるゾーン3に入れて寝かせる他ない。わたしたちは全員を中に入れるが、ここにいる警察官は、ひとりとして難色を示す者はいない。難しい状況に立ち向かうために力を発揮できる結束力の高いチームなのだ。

わたしたちは地下の広いダイニングルームを寝るための部屋として使うことにする。ここはロケット弾からの避難部屋のひとつでもあるので、まずは家族を優先して入れる。外の芝生には発泡マットレスとサバイバルブランケットを敷き、軍用糧食の箱を配り、施設内のあちこちに水飲み場も設置する。

わたしたちが暮らしはじめてからすでに一年以上経つラファイエット基地は、明確に三つのゾーンに分かれている。ゾーン1は道路に一番近く、正門を入ってすぐのところで、駐車場になっている。ゾーン2はゾーン1と有刺鉄線付きの壁で隔てられており、スポーツ施設といくつかのオフィスがある。道路から一番離れているゾーン3は、他のゾーンから独立しており、ここが大使館の施設の中心部で、大使館事務局や他の部署のオフィス、そして職員の宿舎がある。このゾーンは、歴史的建造物の裏側とつながっており、公邸の庭とも直接面している。われわれはこのように均整のとれた三つのゾーンを配置し、完璧に仕切って漏れのないよう守りを固めている。

そしてこれはセキュリティ面において非常に重要なことなのだ。

人びとはできるかぎり落ち着こうとする。誰もわれわれの手配上の大変さなど知らないし、アメリカ軍のヘリコプターにアフガニスタン人が乗せてもらえないことも知らない。長く、緊張に満ちた、予期せぬことばかりが起きた一日が終わろうとしている。

わたしと十人の同僚たちは、本来であればその夜には空港で他の大使館職員たちや在留フランス人たちと合流し、フランス軍の飛行機を待っているはずだった。遅くとも月曜の夜か火曜の朝にはフランスに到着する予定だったが、あと二十四時間耐えなければならなくなった。わたしたちは、夜を徹して現場とここにいる人びとの安全をわずかな武器で守るための準備をする。人手が足りないことは承知だ。ちょっとでもなにかが起きれば慌てるはめになることも承知だ。またもや弱い存在だった。

人の波

二〇二一年八月十五日、カブール

わたしたちは朝以来なにも食べておらず、食料を配布する準備をしているところだった。ちょうどそのとき、二十一時半頃、爆発音と自動小銃の銃撃音が聞こえてくる。すぐ近く、ラファイエット基地のわれわれのいるところとは反対側の壁のほう、ザンバク検問所のほうから聞こえてくる。すぐにわたしたちは全員を地下のダイニングルームに避難させる。警備員たちやＲＡＩＤの隊員たちは屋根の上でそれぞれの配置につき、砂袋の背後で、万が一攻撃されたときに迎撃し撃退する準備態勢に入る。監視カメラの映像に、大勢の人が正門に密集している様子が映っている。音のない映像だが、人びとの顔に不安の色が浮かんでいるのが見てとれる。群衆の動きが、一人ひとりを襲った恐怖を物語っている。タリバーン戦闘員たちを乗せた小型トラックが近づいてきて、カラシニコフを向け、身振り手振りを交えて群衆に演説をする。

銃声が止んだかと思うと、ふたたび散発的に鳴りだし、こちらはなにが起きているのかがわからない。敷地内にいるわたしたちにすぐさま危険がおよぶわけではなさそうだが、老若男女問わず正門に駆けつけている人たちは、すぐそこまで危険が迫っていると感じているのだろう。わたしはタレスの敷地内から状況を追っている大使に電話する。大使は門扉を開けることを決定する——即刻その群衆の安全を確保せよ。もしこれが唯一にして最善の決断であるならば、われわれの運命はいまやこれから入って来ようとしている何百人もの人びとと密接に結びつくことになるのだ。

門扉が開き、人の波が大使館になだれ込む。群衆は、われわれが誘導のために開けておいた入り口に向かって自動的に進んでいき、ゾーン1と3のあいだのゾーン2に入っていく。ゾーン3はすでに満員だし、群衆が混ざるのは避けたかった。われわれは迎え入れた人びとがどのような人たちであるのかわからない。ゾーン3にいる人びとと違って、判別する手段もない。警戒を怠らないようにしなければならない。敵対勢力の侵入は免れないだろうし、わたしたちは人道的な側面によってその可能性から目をそらされてはいけない。

敷地内に入ったのは、男女子供合わせて四百人ほどである。それらの人びとをレジャールーム、地下のスポーツルーム、そしてバレーボールのコートに入れる。ここはひどい暑さで、緑の空間がない。人びとは地べたや、ここにも敷いたマットレスのうえに落ち着く。彼らにも食べ物や飲み物を配る。何時間もわれわれの敷地の壁に沿って太陽の下で立ちつづけたあとで、この避難民たちは疲れ果て、飢え、渇いていた。

この事態により、われわれの想定が一変する。いまや施設内には五百人ほどの人がおり、わたしたちは全員の責任を負い、見捨てるわけにはいかない。出国させなければならない人の数が膨大に増えたので、急遽計画を変更し、なによりも別の移送方法を考えなければいけない。

涼しい晩に、さまざまなグループのあいだを縫ってそぞろ歩いていると、遠くのほうからフランス語で話す人の声が聞こえてくる。どうやらフランス大使館での居心地の悪さについて文句を言っているらしい。人を小ばかにしたようなこの声に聞き覚えがあった。声の主はマルセル・ラヴィーユという世界的なフランス人詐欺師で、イラクからアフガニスタンへと放浪し、ついにはプルチャルキ刑務所に三年近く入れられていた男だ。

彼のひ弱そうな体つきや愛想のよさに騙されてはいけない、マルセルは根っからのぺてん師なのだ。だからこそ、これらの敵対的な国々でも生き残ってこられたのだろう。

二〇二〇年九月、法務長官府とアフガニスタン外務省との長く厳しい交渉の末、わたしは劣悪な拘禁環境で有名なプルチャルキ刑務所から彼を解放してやることに成功した。彼はすでに刑期を終えていたものの、負債（四十万ドルの罰金）を支払っていなかったため、また、腐敗した刑務所組織の看守や司法官がまだ彼から金を搾り取ろうとしていたため、拘留されたままだったのだ。彼の同房人のひとりでオーストラリア人の男は、二年の禁固刑を言い渡されたにもかかわらず、すでに五年が経っていた。領事支援の概念が、明らかにオーストラリアでは異なるようだ。万策尽きて、そのオーストラリア人の男はイスラム教に改宗し、ドーハで交渉されたタリバーンが釈放を要求する囚人リストに名前を載せた。そうして二〇二〇年三月にはアフガニスタン政府によっておよそ五千人の囚人が釈放され、そのなかに例のオーストラリア人も含まれていたようだ。

わたしがはじめてマルセルに会ったのは二〇一八年だった。赤十字国際委員会がプルチャルキ刑務所への人道的訪問後、彼の置かれた状況をわれわれに知らせてきた。彼はフランス領事機関に助けを求めたことはなかった。

マルセル・ラヴィーユは二〇一七年九月に、フランス大使館を出たところで逮捕された。アフガニスタンおよびアメリカの警察は、四百万ドルにもおよぶと思われる詐欺容疑で数カ月に渡って彼を追っていた。マルセルは卑劣な誘拐にあった後、ちょっとしたパスポート申請の手続きのために大使館に来ただけだった。彼には敵が多く、とりわけ彼の被害にあったアフガニスタン人の実業家が彼を誘拐し、共犯者と一緒に監禁していた。幸いにも相棒がアフガニスタン諜報機関と関係があったため、手ひどい攻撃を受けている最中解放してもらって助かった。

フランス国民であるという身分によりマルセル・ラヴィーユは最も優遇されているゾーン3に入ることができている。われわれの意向にかかわらず、ラファイエット基地の避難民たちのあいだで自然と優先順位が生まれている。

多くの運命がここで交差する。それぞれ必要最低限のものが揃っているか、人道上あるいは安全上の緊急事態が発生していないかを確認しながら巡回していると、フランス北部に住むアフガニスタン系フランス人のワリ一家に出会う。彼は妻とふたりの子供たちとここにいる。彼の名前は耳にしたことがあった。というのも、リール市役所の有力政治家と電話したときに彼の名前が出てきたからである。ワリはカブールで育った。魅力的な三十代の青年で、明るく、おしゃべりで、活発で冗談浮きだ。せっかちで時に衝動的で、じっとしていられず、なにかとわたしたちを手伝おうとしてくれる。しかし彼の笑っている目の裏には、いくつもの悲劇が隠されている。一九九三年、ロケット弾が家族経営の食料品店にあたり、その爆発によって弟ふたりが亡くなった。元ムジャヒディンの彼の父親は、タリバーンに捕まり拷問されて殺された。四歳年上の姉は、空爆の最中に心停止した。十六歳のとき、イギリスにいる姉に会いに行こうとして、単身で危険な不法移民ルートでカレーに行った。結局はある家族に迎え入れてもらい、フランスにとどまることができ、安住の地を得て二〇〇九年にフランス国籍を取得した。政治学と法律を学んだ後、現在はリールに住んでいる。休暇で家族を訪ねにカブールに来ていたところ、事態が急変した。空港が閉鎖されていなければ、ちょうど八月十五日の日曜日に家族でフランスに帰るはずだった。

空港では、大使と部下たちがなんとかわたしたちを脱出させようと奮闘している。大使は心配している。と同時に、もはや誰も事態をコントロールできていないことにいらだってもいる。解決策、主に軍事的な解決策を検討中だ。他に手の打ちようがない。フランス外交官公邸に閉じ込められている人たちを救出するための連携についても、アメリカ外交機関と話し合いを進めている。

アメリカは方針を変える。ついに自分たちのヘリコプターにアフガニスタン人を乗せることを許可する。アメリカの参謀本部が、タリバーンから航空機は狙わないという保証を得たらしい。そうなるとわたしたちはまずアメリカの巨大な機体を持つチヌークが問題なく降りてこられるように、大使館の居住地の庭を整備しなければならない。木の枝を切り落とし、サイリューム――化学発光の棒状の照明器具――を地面に配置して着陸地点を示す。屋上から避難する案を考えたりもしていたが、どうしてそんな非常識な計画を思いついたのだろうと不思議でならない。たしかにその選択肢は一九七五年サイゴン陥落の際にアメリカ大使館の屋上に停まっているアメリカ軍のヘリコプターを彷彿させるが、あまりに危険すぎるのですぐに却下された。

庭からのヘリコプター脱出作戦が正式に決定される。夜に作戦実行となる。ゾーン3にいる百名ほどの人たちが最初に避難する——日曜の日中に大使館に集まった人たちである。在留フランス人あるいはヨーロッパ人、その他の外国人とアフガニスタン人のグループで、きっちりと身分証明のできる人たちの集まりなので、その点において非常に敏感なアメリカ軍に安全を保証できる。

避難準備のため、わたしたちはその最初のグループを午前三時に居住地の庭に集める。ゾーン2にいる四百名ほどの人びとは、さしあたり関係がないので知らされていない。知らせてしまったら、おそらく暴動を起こすほど激しく反応し、作戦の実行が危ぶまれるだろう。

しかし、ここでもまた、何事も予想通りには進まない。最初の避難候補者たちは落ち着いて静かに庭の壁に沿って数分間待ちつづけている。あたりは静まり返っている。待てど暮らせどなにも来ない。ヘリコプターは来ないのだろう。結局、セキュリティ上の危険が高まったからという理由以外なんの説明もなく、作戦が延期されたことを知る。避難民たちのあいだでは落胆が大きく、茫然自失がやがて理解不能へと化す。いまとなっては、頼れる者は自分たちしかいない。誰もわたしたちを助けに来てくれないのだ。

見捨てられたという思い

二〇二一年八月十六日月曜日、カブール

早朝、警備員用建物のダイニングルームに行くと同僚たちが集まっている。大きなテーブルのうえには、棚に入っていたすべての食料品が並べられている。鴨のコンフィ、各地方のハム・ソーセージ類、フォアグラ、チーズ、そしてさまざまな必需品など、それぞれが日常をすこしでも良くするためにフランスから持ってきたものである。だが誰も食欲などなく、昨夜の計画が頓挫したせいで陰鬱な雰囲気がただよっている。先行き不透明で、わたしたちの孤立が重くのしかかりはじめる。頭のなかでは見捨てられたという思いが勝り、多くの者が不満や動揺を口にする。

皆、意気消沈している。同僚の多くはこの二十四時間張りつめていたせいで、肉体的にも精神的にも疲労困憊だ。彼らは全身全霊で献身的に勇気を持って立ち向かっているが、それでも不安や狼狽の色を隠すことができないでいる。タリバーンの登場は、わたしたちを未知のなか、完全なる予測不能のなかへと陥れた。タリバーンは究極の脅威だ。空想的な仮説がわれわれの脳裏をよぎり、一九七九年にイランのテヘランで起きたアメリカ大使館人質事件（一九七九年十一月四日曜日の午前、イラン・イスラム共和国樹立後、四百人のイスラム法学校の学生らがアメリカ大使館に向かった。二時間の座り込みをした後、塀を乗り越えて敷地内に侵入し建物を襲撃した。五十二人のアメリカ人が四百四十四日間にわたって人質となった。事件発生から五カ月後の一九八〇年四月二十四日、アメリカ軍は人質救出作戦を実行した。この作戦は完全なる失敗に終わり、八人のデルタフォース部隊員の死と、四十年経ったいまでも誰しもの記憶に残っているほどの恥辱を招くこととなった）、二〇一二年九月十一日にリビアのベンガジで起きたアメリカ在外公館襲撃事件（二〇一二年九月十一日火曜日の夕方、ベンガジでアメリカ領事館の前に人びとが押し寄せた。その場の流れでデモに参加していた人たちも中にはいたが、アメリカで制作された反イスラム教の映画『イノセンス・オブ・ムスリム』の公開に抗議するために組織的に行われたデモだった。武装した集団がデモの群れから抜けて建物を襲撃し、放火した。激しい銃撃戦は何時間にもおよんだ。大使や領事館職員たちは領事館内の安全な場所に避難していた。襲撃の最中、大使は放火による煙を吸い込んだことで窒息死した。その他にも三人のアメリカ人が亡くなった）などの恐ろしい光景が呼び覚まされる。

わたしたちは大使や同僚たちにつづいて昨夜ここを離れるはずだった。それなのにまだここにいる、自分たちだけを頼りに、ずいぶん前から三つのパラメータ――大使館職員とその家族を避難させること、在留フランス人に出国をうながすこと、二十四時間以内の早期脱出のために必要最低限のフランス人職員しか置かないこと――を基に計画を練っていたにもかかわらず。この場にフランス人と外国人合わせて五百人以上もいるということが、状況を変え、予測を一掃してしまったのだ。

わたしは仲間の顔に不安、不信、疑問が浮かんでいるのを見てとる――彼らは当初の任務を越え、いまや手に負えない状況に身を置いている。だがわたしからすると、躊躇する余地も議論する余地もない――ただ前進あるのみだ。そして全員その意見に賛同する。

わたしのキャリアは終わりに近づいている。アフガニスタンでの任務が終了する二〇二一年八月三十一日付で、引退する。国に仕えた四十年間、一度だって義務を怠ったことはない。この最後の任務にしてもそうだ。この先なにが待ち受けているのかはわからないが、わたしには自信がある。ここから脱出するためにはあらゆる手を尽くさなければならない。わたしは称賛を集めるこの男たち、並外れた仲間たちを信頼している。わたしたちの決意、現場の判断力、そして団結力が一番の味方であることを知っている。

わたしたちが行動の中心にいるのだから、幻の援助など待たずに先手を打つのはわたしたちだ。この種の危険に直面するのはこれがはじめてではない。運命はわたしを翻弄し、絶えず試練を課しているのだろうかと思いはじめる。立ち向かうしかない。解決策を見出せないときは、自分の力を信じるしかない。ふとした瞬間に、なにをすべきかひらめくのだ。唯一確実で、避けられない選択肢がある――そしておそらく最も危険だろう。大使館の扉口にいるタリバーンと談判しなければならない。それがわれわれの屋外刑務所を開ける鍵であり、脱出不可能な罠から抜け出すための一番のチャンスだ。

タリバーンとの話し合い

二〇一六年八月十六日、カブール

タリバーンと話し合う。一見すると考えられないことだ。だが他に方法があるだろうか？　交渉相手がもういなくなってしまったので、交渉を開始しわれわれの目的を果たすために一から連絡をとって関係を築かなければいけない。アフガニスタンで過ごしたこの五年間、これこそまさにわたしが内務省やＮＤＳ、その他の機関の特派員たちとともに取ってきた戦略だった。わたしはこれを近接協力と呼んでいた。仕事上だけでなくより個人的な関係のうえに成り立ち、もてなしや交流の文化が支配しているこの国では、あまりにも格式ばった公式的・行政的な形式主義に取って代わるものだった。タリバーンに対してもこの手を使わない手はない。

わたしよりも若い同僚はわたしに質問する。彼らはしっかりした男たちだが、疑問を抱いており、困った状況で頼りになるのは、当然、年齢も経験も上の年長者である。

「モー、どういう風に見ている？」と、ひとりが緊張した顔で訊ねてくる。「うまくいくと思うか？」と、また別の者が言ってくる。「みんな心配するな。うまくいく……。もしタリバーンが俺たちを攻撃したかったなら、もうとっくにやっていたはずだからな！」と、わたしは一人ひとりに答えた。

わたしは平静で、自信と決意に満ちているように見せる。というのもこのような状況においては、誰しも常にリーダーの反応をうかがうもので、たまたま一番上の地位にいるのがわたしなのだ。わたしは頼もしく見えるようにしなければならなかったが、本当のことを言うと、あまり無理をする必要はなかった。状況はよく把握しているし、この五年間この国の動向をずっと追ってきていて、この二年間で築きあげられてきた紛れもない政治的・外交的資本をアフガニスタンの新しい支配者が一掃してしまうのは彼らにとっても得策ではないと理解できるくらいの客観視もできている。

タリバーンは、アルカーイダの出現を可能にし、最も残虐なテロを行う残忍な人たちであり、自分たちの教義をけっして否認しないイスラム主義観念論者たちであり、要するに、最も偉い人びとの食卓に招かれたこの狂信者たちは、世界最大の国であるアメリカ合衆国に、自分たちの地域にとって過去五十年間で最も重要な協定のひとつに署名させるという力業をやってのけたのだ。この出来事は、それに値するほどの反響はなかった。テロリスト集団のリストに掲載され、その指導者たち全員が国連の制裁リストにいまなお登録されつづけている組織が、世界的な正当性と政治的信用を与えられ、ついに国家間の協調を得ることができたのは、おそらくこれがはじめてだろう。

タリバーンは、時間が自分たちの味方をし、いま自分たちが時計の主人であることを認識している。彼らは自分たちのイメージと獲得した地位を向上させつづけており、それを最大限に利用するつもりだ。〝あまり出入りしないほうがいい〟国々にならって、彼らもまた国連での椅子を手に入れようと目論んでいる。とりわけ彼らは各国からの経済援助と、国際社会がアフガニスタンの開発計画に充てるために送ってくる数十億ドルを期待している。もちろん、これらはすべて、市民の平和を維持する能力と、西洋の基本的価値観、とりわけ基本的人権となによりもこの国における女性の地位を尊重する能力にかかっている。

タリバーンは春の時点で外交代表の安全を保障し、外交官にしろNGOの職員にしろ、問題なく働きつづけられると発表していた。州都に対するタリバーンの最初の攻撃を分析すると、彼らがこの宣言をかたく守っていることがわかる。後に誤りだったことが判明するヘラートにある国連支部に対する攻撃を除けば、外国機関への攻撃は一切なされていない。

タリバーンは普段から二枚舌を使うので、分析も慎重にしなければならない。だが彼らが新しい顔を見せ、イメージを一新しようとしていると考えるのも理にかなっている。その前提に立って考えると、ドーハのタリバーンがカブールの国際コミュニティを攻撃すれば、失うものが大きいこともわかる。たとえ予測不能の要因——タリバーン運動内部における分裂、政治部と軍事部間の亀裂、あるいは地元のタリバーン領主との利害の相違など——を見過ごすわけにはいかないとしても。

このようなさまざまな分析を明かしたことで、わたしのことをすべて見て経験してきた第一帝政の近衛兵のように思って相談しに来た人たちが安心してくれればと思う。同時に、より実際的な問題、大使館に残っている食料や、人道的そしてなにより衛生的な問題についても考えなくてはならない。場所、廃棄物、ごった返しに伴うあらゆることの管理に力を注ぐ。また、ゾーン2と3のあいだの調整を行い、特に第一基準を満たしている人びと——在留フランス人、口頭でのやりとりで確認された二重国籍保持者、アフガニスタン以外の外国人、フランスのビザを保有しているアフガニスタン人——をゾーン3に入れること。第一波で到着した人びとの多くは近親者たちを呼んだため、わたしたちはひそかにいくつかの離ればなれになっていた家族を集める作業もする。

午前中、ザンバク検問所の安全対策と検問の責任者であり、フランス代表団と大統領官邸の両方がある要所の責任者であるタリバーンの交渉相手と最初の接触をはかる。この任務を担当していたアフガニスタンの公的機関は持ち場を離れてしまったため、新たに派遣されてくるのはすべてタリバーンなのだ。

わたしはワリに通訳を頼み、交渉相手に会いに道路へ出る。男は、武装した十人ほどの男たちと一緒にそこにいる。ワリは緊張しているようで、わたしの計画に疑問を抱く。この会談には危険が伴う。わたしは客観的に見ることができなくなっているし、交渉相手のタリバーンが信頼できるかどうかの保証もない。彼らにとって、われわれは侵入者であり、敵なのだ。

わたしは防弾服も着ず、目に見える武器も持たずに出る。五年間アフガニスタンで過ごすなかで、二〇一六年に到着した際にもらった防弾チョッキも重いヘルメットもわたしはほとんど身に着けたことがない。虚勢を張っているからではなく、ほとんどの場合わたしは護衛なしにひとりで車に乗って移動していたので、防弾チョッキを着ているほうが周囲に溶け込めず格好の標的になってしまうからだった。わたしの同僚たちは、数人で出かけて、しばしば列になるため目立たないはずがないので、大使館内の安全なエリアを離れるときは防弾装備一式を身に着けなければならない。

装甲車両だけですでに防衛にはなっているし、ほとんどの人がわたしと変わらず洋服を着ているので、徒歩のときでも通行人のなかに紛れる。わたしが一番恐れているのは、磁気性の〝即席爆発装置〟である自家製地雷で、通常駐車中の車に取り付けられるものである。カブールでは、テロリストたちはよく〝地雷ダッシュ〟をする……。自転車やバイクに乗っている人、あるいは歩行者でさえもが街角で、動きながら装置を車の屋根やフェンダーあるいはドアにくっつけると、その七秒後に爆発する。車は大きく裂かれた保存容器のようにずたずたになる。常に目を見開きながらバックミラーを見て、周囲に目を凝らさなければならない。また、アフガニスタンの若者たちのいたずらもある。彼らはときどき車にぶつかってきてわざと乗っている人たちを怖がらせ、慌てて車から降りて逃げる様子を見て楽しむのだった。すべての大使館でこう教わる――五秒以内に装甲車から離れろ――と。でなければ、たとえ装甲車両であろうと致命的な被害を受ける可能性があるからだ。

若いタリバーン相手では、状況はまったく異なる。まったく先が読めない。反撃するために防護服や武器を身に着けるべきなのだろうが、接触し信頼関係を築きたいならば、こちらが対話に前向きであることを示すために防御態勢は避けるべきだろう。

それでもわたしは拳銃をズボンのベルトに挟み、ポロシャツの裾で覆って背中に隠し持つ。それにわたしはひとりではない。ＲＡＩＤの隊員たちがひそかに配置についている。ロメオは大使のときと同じ配備を展開した。塔の上には狙撃手たちが、Ｔウォールの角やくぼみには荷役作業員に扮した隊員たちが待機し、危険が迫った際にはわたしを助けるべくすぐにでも介入し、飛び出せる準備をしている。だが、いくらこのように配備したところで、もしうまく事が運ばなかったら、わたしたちが生き延びられる可能性は低いだろう。

わたしとワリはザンバク検問所に向かい、タリバーンのリーダーに接近する。彼の名がナンギアライだということは知っている。三十代の男で、伝統的な黒いサルワール・カミーズと、濃紺のベストを着ている。白いスカーフで頭はすっぽり覆われ、レイバンの黒いサングラスで目も隠され、すこし高慢な歩き方が〝泥棒の頭〟のような偽りの雰囲気を醸し出している。タリバーン戦闘員の多くが普段履いているサンダルとは違い、つるつるした黒いモカシンを履いているが、埃をかぶっている。肩からカラシニコフをさげているものの、兵士っぽさが感じられずわたしは驚く。彼はほっそりとした顔立ちで、深い皺の刻まれた男たちの隣ではより弱々しい印象を与え、その視線が虚ろなことにときどき啞然とする。彼らはわたしの顔の前で急にカラシニコフをカチャカチャと言わせはじめる。それがどういう意味なのかはわからないが、ひとつだけ言えるのは、彼らはわたしのことを好いていない、ということだ。ナンギアライだけは、落ち着いたままである。彼は話を聞く態勢でいる。彼はむしろわたしに好意を持っているように思われる。

ちょうどそのとき、わたしはここでの会話が聞き取れない同僚たちの緊張と集中力を想像する。ロメオに言われた通り、わたしは〝射角を開ける〟、すなわち狙撃手の射線上に入らないように身を構える。

わたしはナンギアライに、大使館の敷地内に五百人もの人びとがいることで生じる後方業務および人道的な問題、そして彼とその部下たちが制御している検問所を通過できず在留フランス人を救出することが困難であることを伝える。予想に反して、彼はわたしの要求をすこしも拒絶することなく聞き入れてくれ、さっそく応じるようにしてくれる。彼は検問所でフランス人と該当する人の身元を確認し、わたしたちのところまで送り届けることを約束する。彼は必需品の提供さえ申し出てくれる。わたしは驚き、警戒したままでいる。この親切心にはなにか見返りが求められるのではないかという予感がした。

わたしはさらに慎重になりながら、大使館から出発することの可能性について話しはじめる。彼はすこし間を置き、部下たちを見まわし、わたしに訊ねる――「その出発には誰が含まれますか？」そこに障害があることがよくわかる――アフガニスタン国民たちは、タリバーンからしてみれば、逃げる必要はない。わたしは動じずに答える――「大使館の敷地内にいる人たち全員です、例外なく」彼がそれに反応する間を与えずにつづける――「あと数台のバスと運転手も必要です」。大変驚いたことに、彼は単に「バスは何台ですか？　いつまでですか？」と答える。

こんなに急に出発することになるとは思っておらず準備も整っていなかったが、わたしは交渉相手を試してみたかったので、「十台ほどのバスを一時間後までに」と言った。すると、彼はわたしがもう何百回とアフガニスタン人たちが口にするのを耳にしてきた言葉を発する――「ムーシュキルニ」、つまり「問題ない」ということだが、実際には屈託のなさを表している言葉である。アフガニスタン人はノーと言うことを知らないので、この言葉はなによりも好意の印なのだ。

ナンギアライは「わたしに任せて！」と言って別れを告げ、ひとり検問所の方へ、そしてワズィール・アクバル・ハーン大通りへと去って行く。これほど短い時間で準備するのは無理なように思えるが、ナンギアライが請け合ったことにわたしはかえって動揺する。もし彼がやってのけたら？　わたしの要求をすべて叶えてくれたら？

わたしたちは見当や最低限の準備なしには、そんなに早くに出発することはできない。特にワリには、他の避難民たちと一緒に、個人のバス所有者へ連絡をとってみるよう、すでに頼んであった。この計画は内密に進めていくほうがいいだろう、理由はもちろん安全のためである。

一時間後、ナンギアライが成果なく戻ってくる。彼は大通りでバスを呼び止めようとしたが、うまくいかなかったと説明する。彼のやり方はおかしく、下手なように思えた。たしかにカブールにはレンタカー会社がない。個人の運転手がバスを一台あるいは数台持っていて、彼らが首都を回っている。

ワリの助けを借りて、わたしは十台のバスを注文することができた。一台百ユーロという通常の五倍もの値段で、これはわたしがあとで自分の財布から払う。

予想通り、ナンギアライの親切心には見返りが必要だった。ワリから、彼がフランス大使館のビザを欲していることを知らされる。この要求はアフガニスタン人たちに多い。ビザというのは、安全保障、成功の鍵なのだ。ナンギアライもうまく事が運ばなかったときに国を脱出するため、必要に備えて出口の鍵を持っておきたいのだろう。フランスのビザがあれば、シェンゲン圏内のすべての国に入国することができる。

とはいえ、わたしは自分の耳を疑った。タリバーン戦闘員がビザを要求してくるとはとても思えなかった。タリバーン戦闘員たちのなかにも、逃げ出したい者がいるということか？　彼の要求に応えることは不可能だろう。だが彼の信頼を得るためにも、この件については検討中であると伝える。

その後数時間のあいだに、彼の要求は思わぬ方向へ、より難しいものへと発展していく。ナンギアライはいま、十一の親族と思われる人たち（男性、女性と子供たち）の入国を交渉している。われわれの目的は一刻も早く大使館を去ることではあるが、無理な約束事を引き換えにすることはできない。なにしろタリバーンの親族だ。とはいえ、時間を稼ぎ事態をコントロールするためには、ナンギアライとのつながりを維持しつづけなければならない。自分たちのために最善を尽くす。ふたたび、彼の要求は検討中であると伝える。

夕方頃、マルタンが深刻な面持ちで、在留フランス人だけが夜のうちに車で避難することが決定したとチームに伝える。前夜の計画と同様、直前になって知らされるこの計画をわたしは承認できない。わたしは協議がなされないことを嘆く。わたしに言わせてもらえば、ここにいる人たち全員をバスに乗せて避難するための準備は十分に整いつつある。

そのうえ、もしタリバーンが二十人ほどの在留フランス人の最初の脱出を受け入れたら、それにつづく移送に同意を得られないのではないかと懸念する。また、この計画には十一人いる警備隊およびＲＡＩＤの警察官のうち八人を必要とするので、この作戦を実行しているあいだわれわれの守りが薄くなる。そしてこの避難に携わった人員が、任務を終えてわたしたちのために戻ってこられると誰が言い切れるだろうか？

新たな眠れぬ夜

二〇二一年八月十六日夜～十七日、カブール

火曜日の夜、在留フランス人は再編成され、午前一時頃、大使館の装甲バスにひそかに乗り込む。マルタンは、輸送隊を警護する人たちと一緒に運転席にいる。この計画に賛同しない者たちがいることはわかっているが、彼らにしても命令には従わざるをえないので実行するのみだ。

わたしは自分の事務室の廊下にあるソファのうえで数分間横になる。日曜日以来はじめて、このときやっとひと息つくことができる。天井をじっと見つめながら、このあとどうするべきか思いを巡らせる。全員をバスに乗せて脱出するというわたしの計画は、崩れつつある。瞼があまりに重いので、数秒間目を閉じる。

跳び起きた頃には、二時間が経過していた。急いで外に出る。中庭はとても静かで、そこにいる人びとはうずくまってまどろんでいる。午前三時になっており、チームのふたりの男が芝生を横切ってわたしのほうへ向かってくる。

「任務はいまどうなっている？　もう着いたか？」とわたしは訊ねる。

「彼らは行きませんでした。任務は最後の最後で延期されました」とJCが苦い顔をしながら答える。

「なにか問題があったのか？」

「パリでゴーサインが出なかったんです！」

わたしは啞然とする。だがこの最後の急変によって、わたしが最初から思い描いていた計画へ方向転換することができる。いまこそわれわれの切り札を出すべき時なのだ——わたしにとっては常にプランAだった、例のプランBを、全員をバスに乗せて避難するという計画を。

その特別な輸送隊を出発させる準備のため、マルタンはナンギアライと交渉していた。ナンギアライはわたしの不在をいいことに、マルタンに頼んで十一人の近親者たちを敷地内に入れてもらっていた。わたしがその要求には応えないだろうと踏んでいたのだろう。マルタンには選択の余地がなかった。なぜなら在留フランス人たちを移送し、空港で保護するということがRESEVAC計画（RESEVAC：EVACuation de RESsortissants［在外自国民の避難］。外国にいるフランス人を保護する義務は、外交的行動から軍事的行動まで、ありとあらゆる手段を講じてフランス人の身の安全を保障し、必要に応じて避難もさせる国家側の義務を意味する）の絶対的な最優先事項だったからである。そのうえ、多くの人が考えているように、彼もまた、ゾーン２にいる大半の人びとは後方支援不足のため敷地を離れることができないだろうと考えているのだ。

ナンギアライやその近親者たちの本当の身元は知らずにいる。さまざまな情報を突き合わせて後にわかったことだが、〝タリバーン〟と思われていたこのグループは、アメド・Mとかいうアフガニスタン法務長官府の司法官であるナンギアライの義兄が指揮しているものだった。アメド・Mという名をわたしは聞いたことがある。ナンギアライが言うには、アフガニスタン警察長官の息子とのことだ。わたしはどうしても、アリ・マスト・Mという内務大臣の参謀長もやっていた警察長官で、息子のひとりが司法官だという人物とのつながりを思わずにはいられない。ナンギアライの独特な外見は、地元の名士たちとのつながりからももちろん説明できるが、彼の苗字からも、アフガニスタンの由緒ある部族のヒエラルキーに属していることがわかる。これらは推測に過ぎないが、他に情報がない以上、このことがこの状況の奇妙さを理解するための手助けとなる。

夜のあいだに敷地内の整備をしなければならない。屋外の地べたにすら寝ている家族もいるが、標高が千七百九十一メートルのカブールでは、夜になると寒くなる。建物内で応急のマットレスのうえで夜を過ごす者たちもいる。われわれの部屋は子供連れの家族、高齢者や弱っている人たちが使っている。空いている各部屋には、ときに七、八かそれ以上の家族が入っている。

わたしはひとりで落ち着くために大使館の屋根にのぼる。たばこに火をつける。夜空にきらめく街の光を眺める。絶え間なく音が鳴っている。クラクションの音、とりわけ他の省庁や大使館の発電機のうなる音――カブールで頻繁に起こる停電対策のためである。爆発音も銃声も聞こえない。戦闘の音はしない。ここにいると、なにも変わっていないように見える。同じ音、同じ新鮮な空気、同じ心安らぐ光。大惨事が待ち受けているだなんて……広がる脅威のただ中にいるだなんて誰が思うだろう？

また眠ってしまったり、疲れを感じたりしないために、座らないでおく。わたしたちにこれから起こる事態をコントロールするために意識をはっきり保ち、警戒を怠らないようにする。眠るのはあとでいい、明日か明後日の夜だって構わない。すべてが終わったら寝ればいい。このときはまだ、あと徹夜する夜が十日も待っているとは知らなかった。

五百人分賄うことを想定していなかった食料は、みるみるうちに底をつく。いまの状況では、食料は配給制にし、消費されなかった食料はすべて戦闘糧食の空き箱に回収しなければならない。ゾーン2でわたしは、世界中の情報を収集するフランスの諜報機関DGSEの技術連絡部のコックであるサミムと出会う。彼は昨晩押し寄せた人波に乗じて敷地に入った。わたしは彼に協力を仰ぎ、避難民たちのために台所にまだ残っている生の食材を調理してもらう。数日前にわたしは二週間分の食料を買い込み、在留フランス人の受け入れに備えていたのだ。

幸いにして、わたしは食料の在庫管理に慣れていた。二〇一六年にカブールに到着した数週間後、わたしはパリ＝カブール・クラブという、大使館職員に昼食を提供する協会の会長になったのだ。その他にも敷地内でのアフガニスタン・マーケット、歓迎会や送別会を企画し、ドバイを拠点に世界中の大使館に酒類を供給している会社からアルコールを調達した。

敷地は廃棄物で覆われ、ごみ箱はあふれかえり、悪臭が一帯の空気に染み込みはじめる。わたしは敷地の掃除に乗り出し、避難民のなかで自発的に動いてくれる人たちの助力を得る。しかしこのごみ問題は、背後に隠れているより深刻な問題に比べれば、些細なことのように思えてくる。ごみ箱をゾーン1にある駐車場へ持っていかなければならない。そのためには、昨晩の爆発と銃撃から逃れ敷地内に入ってきたアフガニスタン人たち全員が集まっているゾーン2を通る必要がある。慎重にやらなければならない、なぜならふたつのゾーンのあいだの扉を開ければ、群衆が動き出し、抑えがきかなくなるかもしれないからだ。いまは午前五時。ゾーン3と2のあいだで人が流れ出すリスクを減らすために、わたしはひとりでごみ箱を移動させることにする。

　ゾーン2に滞りなく入ることができた。だがわたしが進みだすと、数人がわたしを取り囲み、激しく質問しはじめる。在留フランス人はすでに避難し、ゾーン3にいる外国人はゾーン2にいる外国人同様、見捨てられたのだと思い込んでいるようだ。ひとりのアフガニスタン人がとりわけ攻撃的で脅してくる。その人は完璧な英語を話し、恨み節を発しては、彼に従っていると見受けられるたくさんの人たちを呼び集める。彼は背が高く、ガタイもよく、白髪まじりのあごひげと伝統的な服装のせいで、原理主義者のように見える。わたしは彼がどこの誰だか知らない。「フランス人は今夜発ったんだろ！　わたしたちを見捨てるのか？　わたしたちも連れていけ！」と怒鳴ってくる。彼を取り巻いている人たちが、彼の名をコールする――「ロウラー！ロウラー！〔神の霊〕」と、腕をあげながら一様に怒りを露わにする。

　わたしがいくら説明しても納得してもらえず、わたしがここにいるということだけではこの男性陣の安心材料にはならないようだ。次第に攻撃的になってきたのでわたしも声を張りあげ、「わたしもまだここにいるからおわかりでしょう、まだ出発していません。あなたたちは安全です」。そう言ったところで無駄で、わたしを取り囲み一歩一歩ついて回る群衆から抜け出すためにわたしも威圧的な口調にならざるをえない。

それからは、安全上の理由から、ラファイエット基地内を移動する際には数人で行動することにする。

このロウラーという男と、わたしは数日後、空港の汚れた水路、むき出しの下水道のただ中で再会することになる。

ゾーン2の衛生状態は極めて憂慮すべき状況になる。子供も含めて多くの人が病気になる。赤痢と確認された人が二名出る。ワリのおかげで、われわれは診察体制を構築することができる。彼の弟が医者で、家族と共にこの敷地にいたのだ。約五十人の患者がそうして診察を受けることができ、それと同時に処方箋も出される。ワリの薬剤師の姉も一緒にいたのだ。彼女は元同僚たちに電話をして薬の準備をしてもらい、ナンギアライに付き添ってもらいながら、おむつや乳児用のミルクと一緒にここまで届けてもらう。また、ワリのカブールでのコネクションのおかげで、パンや生鮮食品、その他の必需品を調達することもできた。

こうした取り組みは人びとの神経を落ち着かせることに役立つが、それでもゾーン2にいる人たちはあいかわらず見捨てられることを恐れ、荷物を抱えてゾーン3の扉の前で野宿している。すこしでも動きがあったら、入り口をよじ登ってみるか隣に流れ込むかしようという態勢でいる。

ワリが到着して以来、彼にはずっと助けてもらっている。だが八月十六日月曜日に起きた出来事を境に、彼にはナンギアライとの会談からは離れてもらうことにした。ワリの三人の十代の甥たちが、大使館から締め出されている。彼らの親（ワリの兄とその妻）は、その前日にすでに到着していた。わたしたちは彼らを中に入れてやりたいのだが、入り口の前に人が集中しているので、どの入り口も開けることができない。ナンギアライの了解を得て、大使館のひとつの扉のほうへ人を誘導し、その間にラファイエット複合施設から最も遠いところにある別の扉をひそかに開けることにした。

ワリは、いらだちや感情、なにより自分の人生にこれほどの不幸をもたらしたタリバーンへの恨みをもはや抑えることができなかった。ナンギアライの許可を待たずに、彼を乱暴に押しのけながら甥たちをつかまえに駆け出してしまった。ナンギアライはいらだち、荒々しくワリを止め、「誰が入って誰が出るのか決めるのは俺だ！」と叫び、怒りを爆発させてワリにカラシニコフを向けた。部下たちの前で面目を失うわけにはいかず、自分の権威を示さなければならなかったのだ。

このときはじめて、ナンギアライの目にはいままで見たこともなかった暗さと怒りが浮かんでいた。彼の部下たちも体を硬直させ、途端に威嚇の姿勢を見せる。銃口がわたしたちに向けられ、その瞬間、わたしは最悪の事態を想像した。ＲＡＩＤの同僚たちが、状況が悪化したのでわたしを守るために介入しなければと思うに違いない。わたしはワリに反応する暇を与えずに彼の腕を容赦なくつかみ、怒りを抑えることもなく彼を建物内に押しやった――「二度とあんなことをするな！」こうしてわたしは、否応なく大きな事件へと発展することになるだろう緊張の高まりを遮断するために、会話を打ち切った。

数時間後、わたしは多少苦労しながらも、ふたたびナンギアライとの関係を修復した。アフガニスタン人警備員のハッサンの力を借りて、わたしはナンギアライに詫びた。ハッサンは忠実かつ誠実な男で、二十年間フランス大使館で勤務し、二〇二〇年にはフランス外務省から勲章を授与された。彼はフランス語を流暢に話すが、それは彼がこの二十年のあいだに入れ代わり立ち代わりやってくるフランス人職員と話すことで培ったものなので、フランスの東西南北の訛りがごちゃまぜになった、名づけようのない訛りがある。彼はアフガニスタンを去ることを望まず、他の多くの人たちが利用した亡命・移住プログラムを利用しようとも思わなかった。外国人と働いてきた彼にとってはリスクも脅威も大きいが、彼は留まることを選択した。わたしはその勇気を称賛する。

Dシステム

二〇二一年八月十七日、カブール

火曜日、早朝。二日目の徹夜が明けて疲れ、落胆つづきの状況にいらだちを覚え、八月十五日からの流れをひとつずつ頭のなかで追っていく。自問していくなかで、あるひとつの疑問がわたしを苛む――「なぜわたしたちはまだここにいるんだ？」作戦はドーハを経由してパリの上層部で練られている。答えは確実にここカブールに、さらにはそこの街角にあるにもかかわらず。ひとつだけはっきりしている――わたしたちが行動しなければならない、いまここで。まだ事態をコントロールできているうちに。もう間もなく、手遅れになるだろう。

さまざまな避難計画は、現地の状況や関係者を考慮することなく、そのほとんどが協議もされずに練られたものであり、基本的にアメリカの物的・人的支援に頼ったものであったため、うまくいかないことが判明した。

ゾーン2にいる避難民たちのあいだで衝突が起き、われわれには収拾をつける手段がない。不安で終わりの見えない待機状態にいらだち疲れ果てた群衆の怒りがわたしたちにも降りかかってくる危険が常にある。わたしたちにもはや選択の余地はない。敷地内にいる避難民たち全員を連れて、できるだけ早く大使館を去るしかない。アメリカ軍の支援を当てにしていてもそれがいつ受けられるのかわからないので、作戦を立てる責任はいまやわたしたちにある。

わたしはすぐさまダヴィド・マルティノン大使とパリにいるわたしの上司であり国際協力局長であるソフィー・Hに連絡をとって、わたしの決心を伝える。これは単なる個人的な思いつきなどではなく、熟考を重ねた末のことである。ふたりの反応はとても曖昧で、わたしの計画に真剣に取り合わない。わたしは最上層部が指揮している現在進行中のプロセスに逆らっているのだ。ふたりとも、わたしにもうすこし待つように言う。

それからわたしは、事の重大さをわかっていない者たちの優柔不断さには構わないで、するべきことに集中することにする。わたしの決意は固く、自分の計画が確かなものであるという確信もある。なぜならまだ周囲の状況を制御できているし、なにが問題なのかを完璧に理解したうえで進めているからである。

数時間後、またもや間接的に、わたしは新たな作戦が実行されることを知る。今回もまた、フランスの特殊部隊を乗せたアメリカ軍のヘリコプターが登場するものか、あるいはアメリカ陸軍第八二空挺師団のパラシュート部隊がエスコートするアメリカ軍を乗せたバスを使用するものである。どれも常軌を逸しているように思える。ヘリコプターは銃撃を受けるだろうし、カブールの通りにアメリカ軍の落下傘兵たちを展開するのも無謀としか言いようがない。

だがそんなことはどうでもいい、われわれはいまテンポを決めた。そして歯車は動き出したのだ。

今夜予定されている作戦は、ゾーン3にいる人たち限定のもので、すなわち在留フランス人とアフガニスタン人以外の外国人、それと〝該当する〟アフガニスタン人に限られている。八月十五日に大量に押し寄せてきたゾーン2にいる市民は、再度引き離される。一人ひとりの身元を確認するのは不可能だし、不審な行動をとって疑いを抱かせる者たちもいる。敷地内で写真を撮影したり、落書きをしたり、電話をかけている人びとの姿が監視カメラに映っている。パラノイアが取り巻くなか、われわれのセキュリティ・チームのなかには、それだけで潜入者が情報収集をしているのではないかと想像してしまう者もいる。彼らはそれを確信し、早いうちからそのような連中を排除することに決めた。彼らはわたしたちが去ったあともここに留まり、自らの意思でこの場を去ることができる。彼らの外見は目を引くようなものではないので、タリバーンから特に危険視されることもないだろう。

しかしこの決断は、悔やまれる勘違いであることが後に判明する。そうしてわたしたちはゾーン2に百五十人ほどのグループを残す。そして百五十人のグループの、八十六時間にもおよぶ悪夢の物語がはじまる。

ハリウッド的なシナリオが実行に移されるとの確証が得られているにもかかわらず、わたしは〝フランス流〟のわたしの計画、例のシステムDを用いた作戦を進める。このシステムDというのは、二〇〇七年に起きたギニア危機の際にコナクリとダラバにおいて、同じような混沌とした状況のなかでわたしが指揮を執って行い、うまくいくことが証明された。

この危機のときには、非常事態宣言の発令とギニア当局による国民への弾圧により、カブール同様数百人の在留フランス人を避難させねばならず、首都および国中に四散した出国希望者たちの居場所を特定しなければならなかった。そのためにまず外国人傭兵隊の操縦する貨物輸送機を探し出し、それからアクロバティックな空中操縦によって、着陸時の機銃掃射をよける。また、頑固なレバノン人に大枚をはたいて十台ほどのバスを動員し、〝再集合地点〟まで人びとを運んでいくのだが、大抵の〝再集合地点〟はすでになくなっていた。そして最後には、残された人たちの空からの避難手段が不足したため、今回わたしがふたたび計画したように、陸路輸送隊を編成し、首都から三百キロ離れた地に孤立していた修道院の人たちを、神経を張りつめた兵士たちが監視しているいくつもの検問所を通過しながら脱出させた。

コナクリでの教訓をどう活かしたらよいだろうか？　ひとつ学んだことは、わたしを取り巻く人びと、とりわけ、意識的にかどうかわからないが行く手をふさぐ者たちと会話をし、交渉し、また会話をしつづけることだ。

ここまでは、ザンバク検問所でのタリバーンとのやり取りはすべて直接ナンギアライと行ってきており、彼はとても協力的だった。しかし、ここにきて事態が変わった。ナンギアライが会見を申し入れてきて、もうひとり別のタリバーンを連れてくる。わたしが〝原理主義者〟と呼ぶその人物について、ナンギアライは自分の上官のひとりであると紹介する。

わたしはその男と外の扉の前で会わねばならず、大使館のアフガニスタン人警備員のハッサンを新しい通訳として連れていく。原理主義者は全身黒に覆われ、タリバーン風に長く先のとがったあごひげを生やしている。彼はカラシニコフを胸にさげ、警戒心の強い姿勢でわたしを冷たい目で見る。彼の横にはひとりの男がいて、会談中ずっと執念深い態度をとっている。絶えず会話を遮っては、大使館の扉の前のごった返しについてわたしを責める。ナンギアライはなにも言わず、わたしの視線を避け、この男たちを恐れるようにして従順な様子でいる。いつもの好意も表に出さない。わたしはこれまでのナンギアライとのやり取りや決め事については黙っておいたほうがいいのだろうとピンとくる。彼は上に報告していないに違いない。

原理主義者の名前は、ハリール・カーリー。いらだちながら彼は言う――「あなたがたの大使館の前から動かない数百人の人たちを中に入れてください。道をふさいでいて、官邸へ行く車が通れないし、安全面においても大きな問題になっています」。わたしは自信をもって答える――「われわれの壁の内側にはすでに五百人近い人びとがいます。これ以上受け入れられないことはご理解いただけるでしょう。それに、公道における問題はあなた方の管轄です」。実際、百メートル先の検問所を管理しているタリバーンは、この地域への立ち入りを拒否するようには指示されていない。わたしはつづけて言う――「あなた方がわたしたちを出て行かせてくれて、すべての安全を保障してくれたら、問題はすぐに解決します」。原理主義者は質問をはぐらかし、心の奥底で引っかかっていた点に話を逸らす。すなわち、夫が外にいるにもかかわらず多くの女性が建物内にいるという点について。

「その状況はイスラムの原理に完全に反しているので、すぐにでも女性を外に出させてください」。彼の声は荒々しく、目は怒りに燃えている。わたしは数秒間黙り、それから言葉を選んで極めて政治的な口調で答える――「あなたのその要求には応じられません。ご存じの通り、大使館内に受け入れられた人びとは全員われわれの保護下にあります」。彼は動揺した様子で戸惑い、そして脅すような口調で答える――「この問題についてはどのみち解決します」

会談は現状維持で終わる。原理主義者は、フランス大使館はこれ以上人を受け入れないし、ビザも発行しないという貼り紙を扉にしておいてほしいとだけ言って、去って行く。それからわたしたちは、ラファイエット基地の扉にすでにタリバーンが貼っていた二枚の紙を見つける。そこにはダリー語で「アフガニスタン・イスラム首長国所有」と記してある。

数分後、タリバーンが大使館前に集まっている市民を押し返しているところだという知らせを警備担当から受ける。暴力沙汰にもならず怪我人もなく行われている。最初、タリバーンの小集団は攻撃されたので、物が飛び交うなか退去せざるをえなかった。しかし彼らは仲間を増やして戻ってきて、空中に発砲したりカラシニコフの銃床で叩いたりするなどの威嚇姿勢を見せると、優勢を取り戻す。群衆は恐れをなし、ザンバク検問所のロータリーまで退き、いまはそこにとどまっている。

この不穏な流れを受けて、わたしはNDSとNSCのふたりに相談する。セマジとイローラムだ。わたしの救出作戦についてと、タリバーンのさまざまな交渉相手がどの程度信用できるのかについて、ふたりの意見を聞いてみたかったのだ。

いまとなってはナンギアライが小物であることがわかった。彼よりももっと階級が上の人物と接触をはかる方法をなんとか見つけ出さなければいけない。手持ちのカードを増やし、この戦略を取ることで、チャンスと保証を増やしたいと思っている。

セマジとイローラムはわたしの計画に賛同し、大きな影響力と力を持つハリール・ハッカーニ（二〇二一年九月に難民大臣に任命された）に協力を仰いではどうかと提案する。彼はシラジュディン・ハッカーニ（内務大臣に任命された）というタリバーン運動のナンバー2であり、タリバーンのテロリスト部門である〝ハッカーニ・ネットワーク〟のリーダーの叔父だ。ハリール・ハッカーニはなによりもタリバーン運動の代表としてドーハで交渉しているうちのひとりである。二〇一一年にアメリカ合衆国は彼を「特別指定国際テロリスト」に指定し、世界で最も探し求められているテロリストのひとりとなっている。彼の逮捕につながるあらゆる情報に対して、五百万ドルの懸賞金が約束されている。

ハッカーニ・ネットワークは一九七〇年代の終わりに彼の兄、ジャラルディン・ハッカーニが設立した。彼は宗教原理主義者で、現代のジハード主義運動の先駆者でもある。パキスタンの諜報機関に非常に近しいこのグループは、ソ連の侵攻に対する戦争の際に重要な役割を果たした。オサマ・ビン・ラディンとも密接な関係を築き、彼がアルカーイダを創設するための後方支援を提供した。ハッカーニは一九九〇年代半ばにタリバーン運動に加わり、独自のテロリスト部門をつくった。

「危険だな」とわたしは返す。フランス政府代表は現在ドーハで和平に向けての話し合いに参加しており、わたしたちの状況について言及する必要がある。彼の行動を妨害したり、狭めたり、あるいはなんらかの影響をおよぼしたりするようなリスクをとることはできない。

「もうひとつ別の策がある」とセマジが言う。

「僕がモハメド・マスームに電話をして、彼もドーハにいるから、彼にカブールのタリバーンに影響力を持つ交渉相手を探してもらうんだ」

アフガニスタン国家保安局（NDS）の元長官であるモハメド・マスーム・スタネクザイ（アフガニスタン・イスラム共和国の和平交渉団のリーダーであり、国内安全保障に関する大統領顧問でもあった。それ以前は、アフガニスタン諜報機関長と、国防大臣を務めた）は、アフガニスタン政府の交渉チームの一員として和平交渉に参加しており、NDSでのセマジの師匠である。

セマジはすぐに電話をし、モハメド・マスーム・スタネクザイも彼に直接ハリール・ハッカーニに連絡をとるように勧める。そして彼の電話番号を教えてくれる。

セマジとイローラムはワッツアップでスピーカーをオンにし、ハリール・ハッカーニに連絡をとってみる。秘書が電話を取り、不審そうに、電話の用件を訊いてくる。秘書は、ハリール・ハッカーニが会議を終えて出てきたらすぐに折り返すと約束する。

二十分後、イローラムのワッツアップにハリール・ハッカーニからメッセージがくる――「フランス大使館からカブールの空港に人びとを移送することに、タリバーンはなにも反対しない」つづけて――「大使館に残っている人たちの安全も、保証する」。メッセージを締めくくる〝ムーシュキリニ〟には、わたしがいつも恐れているような香りはしなく、希望の香りが漂い、にわかには信じがたい安堵が感じられる。セマジにしてもイローラムにしてもこのような展開になるとは思っておらず、わたしへの感謝の気持ちからやってくれていただけなので、このような好意的な反応は実に予想外だった。

わたしはふたりにお願いして、この計画の連携が取れているのか確認するための連絡先を訊いてもらう。ハリール・ハッカーニは、なにかあれば自分に電話をかけてくれと言って、わたしたちを安心させる。ハリール・ハッカーニが使者を送ってくれることも、このやり取りのなかで理解した。

すこし経ってから、ひとりのタリバーンが大使館の入り口に現れ、わたしに面会を申し込んでくる。われわれのアフガニスタン人警備員のハッサンがそのことを知らせてくれたが、どうやら幹部のようだとも教えてくれる。ここに登場するのは三人目のタリバーンである。

わたしは外で彼と会うことにし、われわれの新しい料理人であるサミムを通訳として連れていく。そのタリバーンは車に乗っている。三人の重装備の男たちを従えている。

「わたしはアブドゥル・ラーマンです。あなた方の状況を伺いました。どのように手をお貸ししましょうか?」と、完璧な英語で話してくる。落ち着いていて厳かな雰囲気の人だ。

アブドゥル・ラーマンはある程度年齢のいった、わりと実際的な男である。カラシニコフを肩帯に掛け、伝統的な衣装のした、左の脇のしたあたりにあの伝説のコルト45オートマチック式拳銃を携帯している。わたしがこの武器に目をやると、彼は上着を正して隠す。

彼がナンギアライとはまったくつながりがないことがわかる。ナンギアライは一緒に来ていないし、彼はナンギアライのことを知りもしないようだ。アブドゥル・ラーマンはまったく別のところからやって来たようだ、間違いなく、ハリール・ハッカーニとのやり取りの関係からだろう。彼の部下と思われる人たちとのこれまでのやり取りに関しては、話さないようにしておいた。

わたしたちはフランス大使館の状況について話し合う。彼は、すでに敷地内にいる人数やさまざまな事実を知らされていた。突然、彼は目を細め、顔をこわばらせながら、驚いて訊ねる――「よくわかりません、どうしてこれほど多くのアフガニスタン人たちを大使館内に入れたんですか？　動機はなんですか？」

わたしは、当初は在留フランス人とビザを保有しているアフガニスタン人たちのみ入館を許可していたが、八月十五日日曜日の夜に銃撃と爆発が起きたことで、大使館の入り口の前に人が大勢集まったからであると答える。「われわれはここで援助し、保護する義務があります。危険にさらされている人びとを受け入れ、安全な場に避難させなければなりません。それがたとえアフガニスタン人であろうとなかろうと。また、女性も子供もしかりです」

アブドゥル・ラーマンはわたしの言葉に敏感だ。わたしはアフガニスタン人にとって非常に重要な意義を持つもてなしに重点を置いて主張した。彼らは皆、パシュトゥーンワーリーという、先祖代々の名誉やもてなしの掟を重んじている。

「あなたがわたしの立場だったらどうしていましたか？」とわたしは付け加える。彼は理解したという顔をして、うなずきながら同じことをしただろうと答える。この見解の近さがやり取りを容易にし、雰囲気を和らげる。とはいえ、原理主義者のハリール・カーリー同様、アブドゥル・ラーマンも建物内にいる女性について言及する。わたしはそこで、双方にとって納得のいく解決策を提案する――「女性を外に出すのではなく、男性を中に入れます。それでどうでしょうか？」すこし迷ってから、彼はそれを承知する。

このようにまずまずの感じで話し合いは終わり、この友好協定に象徴的に印を押すために、腕時計を交換しないかと提案する。彼は困った様子で、「わたしのはあげられません」と答え、それ以上の説明はない。彼のはプラスチック製なので、交換したら彼の方が得なのだが。この真摯な申し出を断れない彼は、代わりに香水の小瓶と金のペンを差し出す。わたしは彼の贈り物を受け取り、わたしの腕時計を渡すが、彼は微笑みながら断る――「この取引はあなたのほうが不利なので、持っていてください」

準備

二〇二一年八月十七日火曜日、カブール

十七時頃、アメリカ軍の支援を用いた作戦は流れたので、わたしたちの作戦を実行に移すことになったと、大使が伝えてくる。この知らせにわたしはまったく驚かなかった。幸いにも、われわれは計画の準備を着々と進めていた。

昼下がり、十人の運転手と三十人乗りのバスの準備が整い、わたしの合図で大使館に来られるようになる。目立たないようにするため、われわれのいるところから数分離れた街角でばらばらに待機する。

わたしたちはナンギアライと一緒にザンバク検問所を避けるルートを編み出す。ザンバク検問所では、バスを通してもらえなかったり、数百人の人びとに襲われたりする危険がある。唯一の代替案は、反対側の道路を使って大統領府やカブール川に沿って行くルートである。

到着予定の空港の軍事基地の入り口は、十五キロほど離れた街の東にある。われわれが選んだルートは、人通りが多く障害も非常に多いであろう中心街とワズィール・アクバル・ハーン大通りを迂回する。しかしそのあとのジャラーラーバードへの道を避けるわけにはいかないので、特に危険な五キロにおよぶこの区間を走らなければならない。最後の三つ目の区間は三キロの直線道路で、ここが最も安全だろう。

出発は、夜間外出禁止がはじまる二十一時半頃を予定している。バス十一台を含む十八台の車列の運行は容易ではない。車列を完全な形で保つためには、道路が空《す》いていなければならない。夜のこの時間帯はもともと交通量が少ないが、夜間外出禁止令も相まって一層空いているのは、われわれにとって有利である。わたしたちはこの辺の道は完璧に把握しているが、どこに検問所が置かれ、それぞれに何人の武装した戦闘員が配置されているのかは知らない。

視界が遮られないということも、あらゆる不測の事態に対応しなければならない防衛対策上、有利な条件のひとつであることは明白だ。制御されていないタリバーン戦闘員が単独行動を起こす可能性も否定できない。そして、カブールでは街灯が不足しているため、バスの内部を部分的に隠してくれる。大使館の車両はすべて外交官ナンバーなので、このことがわたしたちを守る決定的な要因になることを願うばかりである。だが到着したばかりのタリバーン戦闘員たちはまだ統率がとれていないようだし、国際的な規則に精通していなそうである。また、たとえ精通していたとしても、それを遵守するための心構えが必要だ。

日が暮れて、ラファイエット基地の寝泊まりしているエリアに隣接する居住地の庭で、ゾーン3にいる避難民たちを再編成する。わたしたちは瞬く間に激しい反発に遭う。多くの避難民たちの親がゾーン2にいるため、不安や怒りを口にする。わたしはどうにかもう一度ゾーン2に行き、何人かを連れ出し、出発メンバーのなかに組み込む。そのため追加で人を乗せることになったので、その代わりに荷物の量を制限し、置いていくことになった。

大使館の正面玄関の駐車場から出発しなければならない。そこだとバスの運転操作が楽なので、避難作戦を内々に行うことができる。また、ラファイエット基地の入り口に張っているアフガニスタン人警備員たちに、正面玄関の扉の開閉を操作する操作卓の使用方法を、急遽教えなければならない。アフガニスタン人警備員たちのほとんどが、去って行った人たちに代わり最近雇われたばかりの者たちなので、当然それまでの人たちほどの信頼はまだ置けない。しかし他に選択肢はないうえに、一見したところたいして重要でもないように思えるが、扉を開けるための四つの動作が同時に行われるということが、作戦を成功させるうえでは必要不可欠なのである。現段階において、この点が作戦における問題点となっている。

警備員のなかで最年少のワヒドは、三日間家に帰っていない。カブールの土木学校を卒業した彼はインフラエンジニアで、完璧な英語を話す。一カ月弱で、すでにフランス語の基礎を身につけた。八月十五日以来の業務をすべて行ってくれ、ときおり自分の仕事ではないのにもかかわらずわたしを手伝ってくれ、わたしたちの仕事に魅了されているようだ。わたしたちが出発する夜、彼はわたしに訊ねてくる――「なぜあなたはこれらすべてのことをされるんですか？　わたしたちはフランス人ではありません。それなのにあなたは知らない人たちのために全力を注いでいる」

彼の言葉がわたしのなかで響く。二年前、二〇一九年八月に引き戻される。あのとき、アフガニスタン出身の十七歳のフランス人女性が力ずくで家族に連れ戻され、カブールから四十キロほど離れた山中にあるタリバーンの村に幽閉されたのだ。三日三晩、わたしは彼女と、彼女と同じ目に遭っている姉妹たちを解放すべく懸命に働いた。その地域の長老〔アフガニスタン部族のなかで、道徳的・社会的権威を持つ老賢人〕を介した長い交渉の末、わたしはついに彼女たちを解放することに成功した。ワヒド同様、リハムという当時この件で一緒に働いていた警察長官も、わたしの全力投球が理解できず、わたしに称賛の念を伝えてくれたのだが、おそらくそれはわたしの行動に現れたわたしの国の価値観に対する称賛だったのだろう。リハムは、夕食を共にする際、たびたびこのときのエピソードを語っていた（一年後、イスラム教に改宗したフランス人女性が二人の子を連れ出し、新しい伴侶と共にアフガニスタンのクナル州の村へ移住するためにフランスを去った。その村はダーイシュの地域支部、イスラム国ホラーサーンのメンバーに荒らされていた。最初の経験により、わたしは難なくアフガニスタン警察を動員し、四十八時間足らずでその家族の居場所を突き止めた。だが、この事件では、わたしの働きかけの正当性を説得しなければならないのは母親だった）。

二十一時頃、グループの再編成が終わり、わたしがバスに出発の合図を出そうとしたまさにそのとき、タリバーンの人がわたしと話したがっていると、ハッサンが知らせてくる。四人目の話し相手は、われわれの建物内に女性だけが入っていることに反対していた原理主義者のハリール・カーリーと会談したときにもいた人である。このふたりに関しては、どうでもいい。彼らは強迫的な精神が凝り固まった、狂信者だ。彼らと話すにはこちらも強靭な精神が必要とされる。ナンギアライやアブドゥル・ラーマンとはまったく異なる人たちだ。

わたしが出会った多くのタリバーン戦闘員たちは、多かれ少なかれ似たような見た目をしている。彼らはパキスタンに数あるテロリズム大学、クエッタやペシャーワルのマドラサ〔指導者養成のためのイスラムの高等教育施設〕出身者たちである。鋭いようなつかみどころのないような、似たような眼差しをしており、姿勢も一様に機械的ですこしこわばっている。

したがって、外見はひとつ、それなのに人はたくさん、そしてロボット化した精神。彼らはアフガニスタンのふたつの公用語のひとつであるダリー語は話さず、パシュトー語のみ話す。パシュトー語はパキスタンの公用語で、およそ三千万人の人びとが話し、主にバルーチスターンとカイバル・パクトゥンクワ州の境に位置するパシュトゥーン族のエリアで使われている。わたしの目の前にいる戦闘員たちのなかで、ひとつだけはっきりしていることがある――これらのタリバーン戦闘員たちの多くはパキスタン出身だということだ。アフガニスタンのタリバーンたちは、二カ国語を話せるし、わたしがこの五年間で接してきたアフガニスタン人たちと同じような屈託のない態度を、彼らにもしばしば見出すのである。

わたしは新たなタリバーンと、安全対策が取られている場所とは反対側の、ラファイエット基地の入り口で会わなければならない。ロメオとその他のＲＡＩＤ隊員たちは出発の準備で忙しく、避難民たちができるだけ集合場所の近くに向かうよう指揮している。わたしは自分の身の安全のことを考える暇もなく、ハッサンとふたりだけで向かう。話し相手は、上から下まで武装しわたしのことを睨みつけている三人のタリバーンを従えている。ちょうどそのとき、ナンギアライがいないことに、不安を覚えながら気づく。出発の準備に追われていたので、彼の常ならぬ沈黙に気づかなかったが、数時間前から会話をしていない。

タリバーンが金属的な声でそっけなくわたしに呼びかける。わたしはさまざまな話し相手との複数の戦略が露呈したのではないかと恐れる。

わたしはそっと背中に手をやり、常に隠し持っている銃にすぐ手が届くようにする。いつも携帯しているグロック26は、ポケットに収まるほど小型の銃で、五年間の任務においてこれなしで移動したことはない。ＢＲＩ（ヴェルサイユ捜査介入部）にいた頃からずっとやっている反射的行動だ。

タリバーンが攻撃的にダリー語で話しかけてくる最中、わたしはすでに次の一手を考える。もう片方の手で、実際的なアブドゥル・ラーマンの電話番号をポケットのなかで探りながら、頭のなかで彼にできるいくつかの説得をリストアップする。

わたしの脳は沸騰する。人体の不思議で、この感覚が一九九四年にアルデーシュ県のオブナースで体験した出来事を思い出させる。このときわたしは平屋の屋根裏部屋に張り込み、ペルピニャンにあるフランス銀行を襲撃する準備をしている手練の銀行強盗団の一挙手一投足に聞き耳を立て、観察していた。そのとき、いまと同じような圧迫感と不安を抱いていた。わたしはひとりきりで、応援もなく、事態が変わったときに誰ひとり頼れる者がいなかった。

わたしの通訳であるハッサンが「貼り紙」という言葉を発したとき、スッと緊張がとける。わたしはさもいらだった様子で声を張りあげ答える――「よくわからない、貼り紙のなにが問題なんだ？」

見るからに細かいことにうるさくとても争い好きなこのタリバーンは、声の調子を変え、今度はすこし落ち着いて、一つひとつわたしの顔の前で指を開きながら問題点を列挙する。どうやらプリントアウトした書類に、署名と公式の判も押してほしいようだ。もうプリントアウトする手段がなにもないのだが、署名と判をもらうためにできることは一時間以内にする、と答える。早くこのしつこい人物から逃れたくて、形ばかり引き受けることにする。守られない約束だ、なにしろもうなにかをする時間がないのだから。

予定より遅れて、わたしはとうとうバスの運転手たちに大使館に向かうように指示を出す。それと同時に、ようやくふたたび現れたナンギアライに、バスが間もなくザンバク検問所に到着するとの連絡が入る。

時間が過ぎる。車両がやって来た報告もなく、ナンギアライと急に連絡がとれなくなる。なにかおかしい。わたしはもう一度ひとりで外に出てみることにし、検問所でなにが起きているのか確認することにする。最初のバスのヘッドライトが見えることを願う。

待ち構えている車両はひとつも見えないが、検問所のところで何百人という人だかりができ、大きく沸き立っているのが見える。その瞬間、薄暗がりのなかでナンギアライの見覚えのある影を認める。ラファイエット基地の入り口のひとつを取り囲むTウォールの後ろから姿を現す。顔の表情はよく見えない。外見も。髪を切ったようだ。

最初、わたしたちがそこのエリアではなく居住地の方へ移動したことを知らずに、われわれと話がしたくてそこにいるのだと思った。わたしは彼のところへ行き、どうしてバスがまだ到着しないのかと訊ねる。彼はぼそぼそした声で、「心配ない、すぐそこにいる。だがその前に大事な話がある」と言う。彼は距離をつめてささやく――「わたしも行きたい。わたしも一緒に輸送隊に入れてほしい」。彼の目は、アフガニスタン人警備員のワヒドのようにきらめき、声も急に明るくなってつぶやく――「この国を出たいんだ……家族のためにも子供たちの将来のためにも別の人生を歩みたい、そしてフランスで勉強したい」。彼が言葉を言い終わらないうちに、彼が出てきたのと同じところから影が現れる。ひとりの女性がわたしたちに近づいてくる。腕には乳飲み子を抱え、もう片方の手は怯える男の子の手をつないでいる。ナンギアライの妻と子供たちだ。わたしは啞然としたが、表には出さないようにする。日曜日から、困難が山積みで、ときにありえないようなこともあった。だがこれはまた別問題だ。ナンギアライはこちらが思っていたようなお人好しではない。よく練られた戦略を遂行していたのだ。

専門家でなくても、わたしがノーと言った瞬間に計画が総崩れすることはわかる。実際、わたしが黙っているのを見て、ナンギアライはとっておきの手を出す――「わたしたちも絶対に一緒に行かなければなりません、わたしがいないとバスが入ってこられないのだから」。わたしは黙ったままあらゆる選択を考えるが、時間はどんどん過ぎていくし、これ以上考えている時間はない。

彼の要求には心が動かされてしまう。幼いふたりの子供を見せられて、そうならない人がいるだろうか。ナンギアライはわたしに協力してくれ、他のタリバーンたちとは違っている。彼はより賢く、より洗練されている。同じ見た目をし、悟ったような雰囲気ですぐにそれとわかる、パキスタンのマドラサで教え込まれた若者たちとは似ても似つかない。おそらく最後に飛び込みでタリバーンになった、自分に割り当てられたことだけをこなす日和見主義者なのだろうが、わたしは彼のことをまったく知らない。彼が本当は何者なのか、本当の意図はなんなのかを知らない。

わたしは彼を入れてやることにする。目的地に到着することができたら、彼らに特別な手続きをとり、彼らを隔離して調べるための予防線を張る。諜報機関の専門用語では、これを〝尋問〟と呼ぶ。到着し次第すぐに手配できるように、あとで大使に報告しておく。

マルタンがわたしに合流する。わたしの決断を支持してくれる。ということで、ナンギアライと、わたしたちの隣にいるアフガニスタン警察長官の息子であるアフマド・M率いるナンギアライの近親者たち一団を連れて行かなければならない。このとき、まだわれわれはラファイエット基地にいるので、彼らを遠ざけることはできる。バスに乗り込み出発するのは居住地のエリアで行うので、ここからは見えないし彼らが立ち入ることはできない。

焦りながら、わたしはナンギアライに声をかける。「時間を無駄にしすぎた、いますぐ出発しないと。検問所を通過できるように指示を出してください」。ナンギアライは承知する。彼がゴーサインを出そうとするその瞬間、アフマド・Mが乱暴に待ったをかけ、激怒してわたしに話しかける。「われわれを他の人たちと一緒に庭に連れて行ってくれないと、バスは一台もやってこないぞ。あなたたちが準備している内容はすべて把握しているんだからな」。彼は明らかに作戦を把握している。すでに中にいる人びとから情報を得ているに違いない。避難民たちは絶えず電話でゾーンからゾーンへ連絡をとり合っている。

この反応にわたしは不安を覚える。このことは、ゾーン2にいる人たちも同じくこの情報を得ていることを意味し、そうなると、たとえ有刺鉄線にからめとられようともいつでも敷地の壁を乗り越えて居住地のほうへ向かってこられるということだ。急いで作戦を開始しなければならない。

ナンギアライとその一団は駐車場へと移動し、そこで離ればなれになっていた親族たちと合流すると、そのなかにはワリの家族もいる。はかり知れないほどの協力をしてくれたワリの家族とその妻の家族を合わせると、全部で五十九人いる。

二十一時の予定だったバスの到着は、結局二十二時頃になる。星と月のほのかな光が敷地を照らし、バスは黎明に輝いているように見える。バスはまだセキュリティチェックや検査を受けていない。ロメオは、隠れたＩＥＤ〝即席爆発装置〟を探知できる爆発物専門家であるＲＡＩＤの三人の部下たちを配備する。この恐るべき兵器は、過去十年間で何千人ものアフガニスタン市民を殺害してきた。この作業には危険が伴うが、必要不可欠だ。手に汗握る時間がつづく。だが二十分後、三人の警察官は検査を終える。なにも見つからなかった。

同僚の警察官たちの監視のもとようやく乗車がはじまり、警察官たちはバスに乗り込む運転手と乗客の一人ひとりをチェックしていく。この作業もじつにデリケートな作業で、女性の触診というのはイスラム教国においてセンシティブな行為である。しかし、事態の緊急性とストレスがピークに達していることから、異論はあがらない。人びとはバスのなかで分かれて座り、スペースがなくなるとできるかぎり詰めて乗る。ナンギアライとアフマド・Ｍのグループにバスを割り当て、彼ら専用とする。彼らのバスを列の最後尾に配置することで、われわれが到着したときに彼らの身元と名前を確認しやすくしようという考えだ。

しかし、思いがけない直感で、アフマド・Mが車列の途中に紛れた車両に乗りたいと言い出す。存在を隠しておきたいようだ。アフガニスタン警察長官の息子であり司法官である彼は、見つかってしまった場合失うものが当然大きい。したがって意に反するが、わたしは彼の要求を受け入れ、車列の真ん中にあるバスを割り当てる。ただし、他の避難民たちは乗せないようにする。

わたしが庇護しているセマジ、イローラム、そしてダイールの三人は、ここまで人知れずゾーン3のグループ内に入っていたが、バスには乗れない。検問所でタリバーンに気づかれ、捕まる恐れがある。捕まれば、彼らを待ち受けている運命は目に見えている——確実に死だ。わたしたちの装甲車のトランクに三人を入れ、リュックや防弾チョッキ、さまざまな荷物のしたに隠すことにする。車のなかは息が詰まるような暑さだが、トランクのなかはもっとだ。しかしそれくらいの犠牲は払わねばならず、それに乗っている時間は、二十分以上はかからないだろう。

「どれくらいの時間がかかるのかわからないし、なにが起きるかもわからない。だがなにが起きようと、なにが聞こえようと、絶対に動くな」と彼らに言う。揺るぎない冷静さで、セマジが答える——「わかっているよ、モー、僕たちはあなたを信じている。スフィンクスのごとく動かないでいるよ」。もしセマジ、イローラム、あるいはダイールがタリバーンに見つかったら、わたしたち全員の命が危ない。

車列を先導する4WDの後部座席に、ワリ、ナンギアライ、そしてマルタンが乗る。わたしの隣で運転するのはJC巡査部長だ。彼が一番道に詳しいので、先頭に立ってもらう。JCは、三カ月ごとに交代するＲＡＩＤの警護任務のため、二カ月前にここに来た。彼はすでに二〇一七年から二〇二〇年の三年間、警備分遣隊で過ごしていた。彼は安全対策手順もカブールの街の地図も完璧に知り尽くしているベテランだ。彼がいまここにいるのは偶然ではなく、事態の悪化を見越して、より経験豊富な人材が必要だろうということで頼まれたのだ。わたしはよく知るＪＣを心から尊敬しているし、全幅の信頼を寄せている。ときどき夜に、このジョニー・アリディの大ファンは、基地全体に聞こえるような大声で彼の歌を歌う。なによりも彼は友人であり、友情や友愛という言葉が本当の意味を持つ男なのだ。

出発が差し迫ったなか、わたしは大使館からの電話を受ける。エリゼ宮すなわち国家元首本人からのゴーサインが出たことを知らせてくれる。後に知ることになるのだが、大統領は分刻みでこちらの状況を追っていた。その瞬間、わたしは自分の行動と決断の重要性に気がつく。わたしの態度と自信は、権力に対するなんらかの不信やある種の遺伝的な反抗から生まれているわけではなく、単に作戦上の実用主義の一形態に過ぎない。わたしたちは手綱の一番端を持っており、多くの命がわたしたちにかかっている。

わたしはなんの確信もなく、あるのは疑念だけだ。逆境に直面したとき、わたしはそう自分に言い聞かせている。わたしの原動力である自信と決断がどこからくるのだろうと、疑問に思う人はたくさんいるだろう。わたしは自分の直感、理性、そして経験を信じている。他にどうしろと言うのだ。予期せぬ事態のために綱渡りしなければならいことがあまりに多い。それは勇気ではなく、単なる義務の一種であり、人生への忠誠だ。そして間違いなく、わたしの生存本能だ。

警察官

一九八三年、ヴェルサイユ

サン＝ブリューの警察学校を卒業し、わたしはヴェルサイユの県介入部隊に配属され、そこでは主にパトロール、取り締まり、治安維持を行っていた。出勤初日、わたしは同じく新任の五人と一緒に勤務に就かなければならなかった。わたしたちが到着すると、建物内は空だった。職員は全員外に出払っていた。仕事上のそういうことにはすでに慣れていたので、事務手続きをしたり、建物内を散策したりしながら各班の主任に紹介されるのを待っていた。

正午頃、空だった駐車場が活気づいた。警察車両が次々と到着し、建物の窓のしたに整然と駐車した。大変驚いたことに、それらの車両からＣＲＳ〔共和国機動隊〕の制服を着た男たちが降りてくるのが見えた。

わたしは衝撃を受けた。自分がなぜＣＲＳのチームがいるこんなところにいるのかわからなかった。感情がふつふつと沸き立った。「二十二番で卒業したのに、ここに配属されたのか？　嘘だろ」。当時、ＣＲＳは最下位で卒業する者たちに割り当てられる配属先だったのだ。今日ではその逆だが。

失望を抑えながら、わたしは新しい同僚たちに会うためロッカールームへ入った。全員がこちらを向いた。冷笑する声が聞こえ、誰かが言い放った――「どいつがモハメッドだ?」わたしはこれから起こることを察しながら手を挙げた。爆笑の渦が起こるなか、先ほどと同じ人が言った――「六カ月だ、おまえに六カ月与える」。こういうのは受けが悪い者たちが払わされる代償で、わたしの班長は見るからにわたしの配属を快く思っていないようだ。彼は、そのことを明らかにした、誰もわたしにあえてくり返さないような言葉で。せいぜいわたしの在職期間が六カ月延びるだけで、最悪の場合、彼はわたしをクビにするなんらかの方法を見つけるだろう。

わたしはこの種の発言やこういうことを言ってくる人たちに慣れはじめていた。警察学校での訓練期間中、わたしはすでに訓練センターの副所長である階級を持つ人物から仲間外れにされていた。彼が教室に入ってくると、そこはもはや内務省教養局の教育のための部屋というよりも軽犯罪裁判所と化した。

彼は、社会主義者の勢力が誕生して以来国内で広まりはじめたフランス極右への賛意を公言していた。公衆の面前で、わたしの目を見つめながら彼らを称賛することすらあった。学校の廊下では、彼がゲシュタポの制服を着た風刺画が描かれていた。

この階級を持つ男は、生徒たちのなかに忠実なる情報提供者がいて、誰がその風刺画を描いたのかを知っていた。しかし、彼は非難の的を見つけた。彼はわたしを呼びだし、説明を求めた。だがこのような理由でわたしを退学させれば、当然わたしが仕向けることになるだろう行政調査に彼はさらされることになる。彼はそれをわかっていた。

運河沿いにいた若き男は成長したのだ、したたかになり、面の皮も厚くなっていた。もう騙されなかった。やり返したのだ。戦車連隊での軍務は、自分が何であるかだけでなく、何をするかでも判断される、厳しく、逆境と敵意に満ちた世界でわたしを鍛えあげた。月を追うごとに、わたしは仲間や上司皆からの敬意を勝ち得ることができた。わたしは常に首位に立ち、常に感心させなければならない。ただ皆と同じように普通に評価されるために、一番でいなければならない。わたしは一年を首席で終えた——常に試験の点数をごまかされ、一番になることを拒否されつづけていたが。

わたしはこの兵役の一年間のことをよく思い出す。徴兵制にもメリットがあると心から思う。社会のあらゆる問題について国があまりに分断され、引き裂かれ、ひとつの国としての結びつきがあまりに弱いとき、わたしは連隊の仲間たちのことを懐かしみながら思い出す。彼らはエンジニア、教師、木こり、肉屋、職人……キリスト教徒、ユダヤ教徒、イスラム教徒……反軍国主義者等々、さまざまだった。ちいさな世界に凝縮されたこれらの人びとは、互いに顔を合わせ、混ざり合い、互いをよく知ることを学び、調子を合わせていた。たとえ終わってからはそれぞれ自分の元いた場所に帰り、それまでの暮らしに戻って行ったとしても、彼らはフランスが異なる者たちでつくられていることを知っている。

警察、警官隊、制服組では、男女平等がまだ黎明期にあった。女性たちは女性蔑視組織のなかに入り、床を拭いていた。これが、ポストコロニアリズムが生んだ最初のマイノリティ代表者たちの登場だった。

そのロッカールームでの出来事が終わったばかりのときに、歳とった腹の出ている巡査部長であるわたしの班長が、わたしを呼んだ。そして一般的な運用ルールと、とりわけ彼自身のルールをわたしに説明した。わたしは兵役を終えたとき、予備隊のリーダーの軍曹という階級に就き、規律や義務、厳しい上下関係における尊敬の意義を見出していた。しかしこの警察の階級持ちの彼は、けっしてわたしの尊敬を得ることはないだろう。彼の差別主義はかなり根深いのだろう。自分のチームにわたしが入ったことに、そしてわたしの赴任について相談されなかったことに激しい恨みを抱いているのだ。「おそらくなんかの間違いだろう」と、彼は触れ回っていた。

彼は言いたくてうずうずしていることを言ってしまわないように慎重に、迷いながら言葉を選んで話していた。今後三カ月間のわたしの業務について詳しく話した。いまは六月で、夏が終わる頃にはわたしが出ていくことを望んでいた。その間、彼はわたしに手厳しい態度で臨んだ。わたしはやりがいのない仕事ばかりをおっかぶった。内輪の環境のなかで、わたしはさらし者にされた。

ちいさな班長の横暴を同じく被っているわたしの同僚たちのなかには、思いやりのある人たちもいた。だが大半は無関心な様子でいるか、ときには一緒になって攻撃してくる者たちもいた。二カ月後、一九八三年八月中旬、ある出来事がこの巡査部長の立場を根本的に変えることとなった。

わたしは同僚ふたりと一緒に、ヴェルサイユの西にあるエランクールという、新しいちいさな町をパトロールしていた。無線で、プレジールで警察官がトラブルに遭っているとの情報が流れた。それほど近くはないし、わたしたちのパトロールエリアからは外れている。わたしはまだ研修中の身で発言権も持っていなかったが、そこへ行こうと同僚たちを説得することに成功した。別にわたしが勇猛なのだとかそんなことではなく、チームのほとんどにとっては、違反切符を切ってパトロールから帰ってきたらその日活動していたことを証明するには十分だった。それに対しわたしは常に行動、介入、現行犯を探していた。

日が暮れた頃、街の静かな一角の住宅地にあるバーで乱闘が起きた。それをおさめるために警察官たちが介入した。そのなかにわたしの部署のちいさな班も含まれており、その人たちは私服で働いていた。

現場に到着すると、横たわっている男性を蹴っている人の周りに、人びとが群がっているのが見えた。床にいるのがわたしの同僚だった。誰も止めに入ろうとしなかった。

わたしは迷わず加害者に向かっていき、思いきり押し返した。二メートル近い背丈の大男で百キロ以上はあった。男の顔や頭は血まみれで、Tシャツはびりびりに裂けていた。わたしが押したことで後ずさりしたものの、脚を見事にぐるぐると回しながらわたしのほうに向かってきた。見るからに、格闘技の達人だった。わたしは男と向かい合い、相手が繰り出してくるパンチやキックをできるかぎりかわした。

男の一撃はとても重く、いくら防御していてもかなり痛かった。わたしの六十五キロの体は長くもたなかっただろう。わたしたちの周りにいた十人ほどの同僚たちは身動きせず、妙に無気力な様子で突っ立っていた。

立ったままでは、わたしが優位に立つことはできなかったので、なんとかして相手を地面に倒さなければならなかった。ぐらつかせるために男の脚をつかんだ。すると相手はすぐさま倒れ、わたしは起きあがる間を与えない唯一の手段として催涙スプレーを浴びせた。大変な苦労の末、どうにか男を取り押さえ、ようやくわたしに肩を貸してくれることにした同僚に手伝ってもらい、手錠をかけた。このボクサー――後に判明したのだが、彼はフランスボクシングのチャンピオンだった――の友人たちが警察の暴力を叫んだので、われわれは急いで立ち去る羽目になった。

わたしの同僚の私服警官班が、バーテンダーでもある加害者を引き受けた。男は、明らかに食前酒を飲みすぎたようだった。一流のアスリートは、アルコールに弱い。同僚たちが報告書を作成しているあいだ、わたしは手首の傷に包帯を巻いていたのだが、耐えがたい痛みだった。

わたしはやられていた同僚に心から感謝された。彼もひどい状態で、打撲傷を負っていた。彼の同僚たちは助けてくれなかったので、そのことに心を痛めていた。

翌朝はバタバタだった。わたしははじめて遅刻をし、ついにクビにする理由ができて班長にとっては天の恵みだろう、などと考えていた。昨晩の出来事が少なからずわたしを狂わせ、あいかわらず手首は痛み、ほとんど眠れなかった。

午前六時に職場に到着した。全員がわたしのほうを振り向き、その眼差しはいつもより温かかった。同僚のひとりがわたしのほうにやってきて、握手をし、「すごいな、おい、昨日のこと聞いたぞ！」と言った。わたしは謙虚な気持ちでその言葉を受け取ったが、それでも誇らしく思った。班長が廊下で怒鳴りながら現れたので、抱擁は長くつづかなかった。班長はわたしを怒った目つきで睨み、自室に入って行った。その数分後、わたしを部屋に呼んだ。

わたしが部屋に入るやいなや、彼は地域新聞の一ページを見せてきた。「これについて説明してみろ」。そこに載っている写真には、前日の問題となった人の背中に馬乗りになっている、手もシャツも血まみれのわたしが写っていた。乗られているほうの人の顔も血まみれ、頭には重傷を負っているように見受けられる。記事は、非合法の暴力であると警察を厳しく非難し、正式な乱闘の責任はわたしにあると書いている。事実はそれとはまったく異なる。バーにいた客たちとの乱闘の最中に、男は酒瓶で頭を殴られたのだ。警察が介入するずっと前に、彼の頭皮は破れていたのだ。バーにいた数人の客がその場面を目撃しているし、警察が一度も殴っていないことも証言してくれるだろう。

わたしが口を開ける間もなく、班長はわたしがおそらく停職処分になるだろうと言ってきた。中隊長がこちらに向かっていた。班長の顔に、わたしの警察での将来が暗くなったと伝えることに満足感や喜びを覚える表情が浮かんでいるのを見てとった。彼はすぐに行動に出て、ファイルからわたしのカードを取りだし、わたしが返却しなければならない品々のリストアップをはじめた。

わたしは毅然とした態度で、彼の皮肉には耳を貸さなかったが、それがまた班長をよりいらだたせた。その姿勢はただの見せかけで、本当は押し寄せてくる恐怖をできるかぎり表に出さないようにコントロールしているだけだった。わたしには非がなかったけれど、不安で自分が弱く感じられた。この写真とそれが警察のイメージに与えた打撃で、わたしをクビにする口実をつくり上げることは十分可能だと思った。わたしは誰も信用していなかったし、数人が抱いている悪意をさも全員が持っているように思い込んでいた。

隊長が到着し、それにつづいて警察本部の幹部たちもぞろぞろやってきた。これほど朝早くに来るのは珍しかった。おそらくお叱りがあるのだろう、そしてその第一線に立たされているのがわたしなのだろう。わたしはいまいち状況が把握できずにいた。わたしは責められることはやっていない。悔しさを噛みしめながら、下を向いてわたしを待っている隊長の部屋に入っていった。ある日は英雄……次の日は犠牲者……。そのように要約することができたかもしれない。

幹部たちは、昨夜書かれた報告書をまだ読んでいなかった。わたしが大聖堂の静寂さに包まれた部屋に足を踏み入れたとき、ちょうど目を通していた。報告書を読んでいくにつれて雰囲気が和らぎ、顔つきも穏やかになっていった。

隊長は顔をあげ、慎重な様子でわたしを見つめ、写真に写っているわたしはなにをしていたのかと訊ねた。わたしは報告書に書かれていただろう出来事を詳細に述べた。しかし、ひとつ問題があった。報告書にはわたしへの言及がなく、わたしがとった行動はすべて中隊の私服警官班の功績とみなされていた。その班の主任も部屋のなかにいたが、若い訓練生をさらすのを避けたかったのだと言って、自分を正当化しようとしていた。

幹部たちがわたしを褒めると、わたしの班長は歓喜し、これほどの偽善は見たことがないが、わたしの隣に立ち、自分がどれだけわたしを支持しているかを見せようとした。自分の隊の働きにスポットライトを当てたこの件で得られる称賛を一手に受けようとした。同じ幹部たちがわたしに、警察の花形である私服警官隊に入らないかと提案したとき、班長はいまにも窒息しそうになった。彼はあらんかぎり反発し、わたしが班で一番優秀だから手放すわけにはいかないと抗議した。

わたしは急に心が静まり、解放され、これからは自分の仕事を思う存分できるぞと思った。とうとう警察の人間、警察官、刑事、私服警官、サツ、デカ……になったのだ。呼び名はたくさんあるが、そのすべてが愛情のこもったものではない、むしろ正反対のものもある。

まず数年、手ほどきの時期があった。わたしは世界を発見した。わたしがそれに直面し、目の当たりにしたのは、郊外の詩的な名前の町でのことだった。しかしその流刑地のようなエリアには詩など存在しなかった。そこでは、貧困、失業、非行がはびこり、当時はまだ名がついていなかった社会的格差が生じていた。

わたしは毎日、社会の内奥に身を置き、明白な事実に気づかされた──警察官というのは、泥棒や悪党を追いかけることだけがその仕事ではない。社会の枕元に身を置き、たとえ答えがわからなくても社会のあらゆる悪に対応することも、その仕事なのだと。もちろん第一には市民を守ることが重要だが、彼らの怒りや傲慢を緩和させることも大事だ。当時、すでに警察は社会の調整役として機能し、フランスの精神疾患の受け皿となっていた。

長い車列

二〇二一年八月十七日夜～十八日、カブール

二十二時半頃、運転手たちに最後の忠告を与えたあと、わたしは誰もいなくなった道を最後にちらと見る。遠くザンバク検問所のほうからざわめきが聞こえてくる。街灯の光に照らされ、タリバーンの警備兵が目の前で野営している人びとに常にカラシニコフを向けて動いている影が見える。そこにいる女性や子供、男性たちは、自分たちの熱望の源であり、新しい自由の約束の地であるフランス大使館を見つめている。もうすぐ彼らは、車とバスの長い列が反対方面へ去って行くのを目撃し、希望を奪われるのだ。わたしたちは検問所を通る一番近道のルートで行くのではなく、大統領府に沿った川沿いの道を行くのだ。ナンギアライとそのように決めたのである。

わたしはついに出発の合図を出す。力強くうなるエンジンは運転手たちの高まる興奮と不安を表しているようだ。次々と目の前を通り過ぎるバスの窓の向こうには、喜びや疲れや不安など、対照的なさまざまな表情が垣間見える。大統領府方面の道で車列が停止する。わたしは先頭の車に乗るために、およそ三百メートルにもおよぶ車列の横を速足で通り過ぎ、ＪＣの横の助手席に

乗り込み、場所ふさぎのライフルをできるかぎり脚に沿わせながら滑りこませる。

ナンギアライはワリとマルタンのあいだに挟まれて、隠れるようにして座り、頭にはキャップをかぶっている。ジーンズにぴちっとしたTシャツを着ており、とても数時間前までザンバク検問所で指示を出していたタリバーンには見えない。ワリとナンギアライのあいだで議論が勃発している。

「方向が違うから引き返せ、とナンギアライが言っているんだ」と、ナンギアライの提案を通訳するワリがわたしに叫んでくる。ナンギアライは非常に緊張していて、すこし怯えてさえいるようだ。彼はタリバーンから離れるところなのだ。もし見つかったら、即処刑になる。

わたしはナンギアライをじっと見つめる。なんとか怒鳴らないように堪えながら、「取り決めたことと違うじゃないか、川沿いを行くしかない」と言う。

「無理だ！　誰も大統領府を通過できない」とナンギアライが言う。だが彼は、上官や大統領府の警備隊から通行許可を得ているはずだった。ということは、それをしていないということだ。ナンギアライは結局、ごく秘密裡に、上層部のみにおいてわれわれの出発の準備を行ったのだ。タリバーンたち、少なくとも大統領府にいる者たちは、われわれがこのエリアを離れたいということを聞かされていたにもかかわらず、今回の作戦については知らされていないということだ。われわれは窮地に立たされ、他の選択肢もない。このことでわれわれのルート案は根底から覆され、作戦を立て直すことになる。

したがって、われわれはおびただしい数の群衆がいるザンバク検問所（参照：六、七ページの地図）だけでなく、タリバーンが大規模な管理基地を置いているに違いないマスード検問所も通過しなければならない。この道路は直接空港へとつながっている。仕方がない、アブドゥル＝アクのロータリーを経由して元のルートで行くしかない。このロータリーは、旧フランス軍基地である大型施設に通じているため、〝フランス人のロータリー〟と呼ばれている。心のなかで、このロータリーがなにか幸運をもたらしてくれないかと祈っていた。

ザンバク検問所では大変な騒ぎが起きている。道路の両側に集まった数百人の人びとが、彼らを封じ込めようとする数十人のタリバーンたちと対峙している。しかし、タリバーンの手には負えていない。民主的な群衆管理、より平凡な言い方をすれば〝秩序の維持〟のためのノウハウを、彼らは持ち合わせていない。

わたしたちの正面には、大勢のタリバーンを乗せた小型トラックがエンジンをかけたまま停まっており、わたしたちを待ち構えているようだ。前方、助手席側に、貼り紙に公式の署名と判が押されていないと口うるさく言ってきた、例の〝好戦的な〟タリバーンがいることに、すぐに気がつく。彼は車から降りてこちらに歩み寄って来て、挑むような目つきでこちらを見てくる。そしてわたしたちが乗っている４ＷＤのなかをフロントガラス越しにうかがう。わたしは動かず、平然とし、彼がなにを求めているのかわからないまま冷静に彼の視線を受け止める。われわれを試しているのか？　彼はさらに近づいてきて、顔を動かさずにじっとすると、ふいとなにも言わずに乗っていた車に戻り、運転手に車を出すよう言い渡す。

われわれも彼のうしろにつづいて行く。わたしたちの目の前を走る小型トラックの荷台にいる、十人ほどの武装したタリバーンたちがこちらを観察している。そのなかには、大使館の前ですれ違ったことのある狂信者たちもいる。彼らがこれからなにをするのかがわからない——わたしたちをエスコートしてくれようとしているのか、それとも怖がらせようとしているのか？　いずれにせよ、車列は動きだし、空港へ向けての長旅ははじまった。わたしは道をよく知っているはずなのに、未知の世界へ飛び込んだような、予測不能な新しい場のなかを進んでいっているような気がする。

ついにわたしたちは出発した。わたしは大使に電話をして出発したことを知らせ、同時に車列のなかにナンギアライもいることを告げる。このつかの間の幸福感のなかで、わたしはついすこし失礼な言い回しを使ってしまう——

「大使、いいニュースと悪いニュースがあります」

「なんだ、モー」

「いいニュースは、われわれは空港に向けて出発したということです。悪いニュースは、タリバーンをひとり連れて行かなければならなくなったことです……」

「なるほど……」すこし間をおいてから、「わかった、着いてからまた考えよう」と言われる。

数百メートル進んだ後、小型トラックが停止する。突然三人の男が降りてきて、わたしたちのほうに向かってくる。わたしは自分の席のドアを開け、話す相手は自分であることを示す。わたしは車から降りず、車内の一部を隠すように、４ＷＤの革の座席に溶け込もうとしているナンギアライが見えないような角度に、斜めに体の向きを変える。小型トラックのうしろに乗っていたタリバーンたちも降りてきて、車道に広がる。そしてふと気がつくと、車列に沿って数台の小型トラックが並んでいる。

すでに高まっていた緊張が、一段と増す。彼らと話すため無線を切る前に、エスコートしていたメンバーたちが交わす会話を耳にする。彼らは最悪の事態に備え、行動に移している。車内で、マルタンとJCが自分たちの武器であるHK G36を取りだし、安全装置を外す音が聞こえる。

〝好戦的な〟タリバーンが車に近づいてきて、ダリー語でわたしを呼ぶ。わたしが車から降りてくるのを待っているが、わたしは左腿のしたにグロック26を隠したまま動かずにいる。作戦のこの段階では、わたしたちは攻撃態勢に入っているので、同僚たちの迷惑になったり、最悪、人質に取られたりするような危険は冒せない。

もしわたしが車から降りてなにか問題が起きれば、ロメオと彼のRAIDチームがたちまち反応し、身をさらすことになるだろう。彼らは自分の命を犠牲にしてでも、けっしてわたしも、仲間も、外交官の警備員たちのことも見捨てない。わたしはミリ単位で自分の行動を計らないとならない。なぜならこの瞬間、わたしの行動によってわたしひとりだけでなく全員を巻き込むことになるからだ。

好戦的なタリバーンはできるかぎり車に近寄って、車内をじっと観察してくるが、わたしは体を張り、席の端に座りながらできるだけ前に身をかがめてそれを防ぐ。同時に、わたしはマルタンとJCの射角も開く。

好戦的なタリバーンは厳しく疑わしげな声音で訊ねてくる――「どこへ行くつもりですか?」

こんなことを訊いてきておきながら、彼とその部下たちは、わたしたちをエスコートするかのようにわれわれの前に立ちはだかっている。わたしは彼らがなにをしたいのかがよくわからない。この男には、明らかに別の意図がある。わたしは毅然として答える――「軍の空港へ行きたいんです」

彼は激しく反応し、その目は剃刀の刃のように鋭い――「あなたたちは空港に行ってはいけません。禁止されています！　いますぐに大使館に引き返してください」

明らかに、いま数百メートル走ってきたあいだになにかが起きたのだ。わたしはあらゆる仮説を考えてみる。またしてもわれわれは苦境に落ち、エスコーターだと思われていた者たちの危険にさらされている。彼らはわたしたちを罠にかけたのか？　わたしたちを人質に取りたいのか？　そのことが脳裏をよぎったが、それだと実用主義者のアブドゥル・ラーマンの保障と一致しない。今度はもっと抜かりなく、隙のない勝負をしなければならない。作戦全体の運命がかかっているのだ。

わたしは頭を振り、断固拒否する――「理解できない、あなたの上官たちの同意を得ていることはあなたもご存じのはずでしょう。彼らの要請で、大使館にいる人たち全員の、この出発の準備をしたんです。あそこでの混沌とした状況や、滞りなく行うためにわれわれがどれだけ大変な思いをしたのかご存じのはずです……。大使館へ戻ることなど不可能です」

そしてわたしは彼の上官であるアブドゥル・ラーマンとカーリーの名を出し、彼らと交わした会話や、大使館の前の混乱について叱られたこと、大統領府のセキュリティ問題などについて改めて思い出させる。

わたしが彼の上官たちの名前と彼らにとって問題となった点を列挙すると、好戦的なタリバーンの顔が変わる。細かな点にとりつかれている彼には、わたしの主張に動じないでいることはできない。わたしは彼のそういうところを大いに利用する。

動転して、彼は遠ざかる。上官たちに話さなければならない。

数分後に戻って来て、満足げな様子で――「わたしの上官たちも引き返すように言っています」と言う。わたしはわざといらだってみせ、「時間を無駄にさせないでください！　わたしたちの大使もアメリカ軍当局も皆わたしたちを待っているんです」

アブドゥル・ラーマンがハリール・ハッカーニ本人から委任されたという点をくり返し主張する――「ドーハにいるハッカーニが、カブールにいるタリバーンたちはわれわれが必要とする援助をすべて行うようにという指示を出したんです」わたしは話しながら、携帯電話を取りだす――「わたしから彼に電話をしましょうか？」と同時に、彼の名前と電話番号の書かれている紙も見せる。

好戦的なタリバーンは傲慢な自信を失い、一言も発さずに、電話をかけるために遠ざかる。わたしは熱っぽくなり、口が乾いているが、それでも勝負に勝ったような気がする。電話はなかなか終わらず、時間だけが過ぎていく。われわれの件が特別な関心を集めているのは一目瞭然で、ここにいる指揮系統全体がわれわれの運命を定めるよう求められている。

やっと話し相手が戻って来て――「このまま進んで構いません。でもわれわれはあなた方の手助けはできません。われわれの上官は、あなた方のエスコートはできないと言っており、あなた方に関する一切の責任をとることを拒否しています。車列の安全は自分たちで守ってください。また、なにか問題が起こったとしても、タリバーンは一切責任をとれません」と告げる。わたしは不満そうなふりをし、彼のこの返事で動揺しているように思わせる――「取り決めたこととまったく違うじゃないですか。でももう話している時間がありません。この移動の責任はすべてわたしがとります」

これで彼との話は終わったと思ったが、彼は最後に手続きをするよう要求してくる。わたしが危険を承知し、フランス大使館の代表として自分の行為に責任を持ち、どんな些細な問題が起きたとしてもタリバーンには一切責任がない、という宣言を彼の携帯電話に英語で録音してほしいと言ってくる。わたしは彼に従ってその手続きを行い、録音し終わると、彼は上官たちにそれを送信する。

果てしなく感じられる数分が過ぎると、彼はわたしのほうを振り返り、笑顔で言い放つ――「解決しました。もう行っていいです！　グッバイ、グッドラック！」わたしは彼に礼を言い、わたしたちは和やかに別れを告げる。

しかし待っているあいだに、車列の後方である出来事が起きていた。この車列は三百メートル以上もあり、先頭で行われていたことはほぼ誰にも見えていなかった。ザンバクのロータリーで抑えられていた大衆の一部が、われわれが停止しているあいだに車列のうしろについてきて追いついてしまったのだ。群衆がバスの周りをぐるぐる回り、バスに乗せてもらおうとして乗客たちに乱暴に呼びかけた。屋根につかまろうとした者たちもいた。車内では、息も詰まるほどの暑さだったにもかかわらず、パニックになった乗客たちはすべての窓を閉めなければならなかった。それでも、そのうちの一台のバスに、何人かが窓を割ったりドアを無理やりこじ開けたりして入ってこようとし、タリバーンたちが銃床で叩いたり威嚇射撃をしたりしてその人たちを追い払う前に乱闘がはじまったのである。

やっと移動を再開することができて安堵する。この三十分間の話し合い、不安、そして会話の場に居合わせなかった人びとにとっては延々とつづいていた待機の時間は、われわれの神経をすり減らした。われわれの一番の恐れはタリバーンたちに由来するものだが、われわれに対する彼らの不安はむしろ安全なものである。

再出発するやいなや、新たに物理的な障害に出くわす。わたしたちの装甲バスは背が高すぎ、トラック侵入防止のバーのせいで通れないのだ。このバーは、二〇一七年五月三十一日の大使館エリアを狙った大規模テロの翌日に、首都内のあちこちの道路に備え付けられたのだ。わたしたちが普段使用している、市と空港を直接結ぶ道にある障害はすべて把握しているが、今回はその道を通っていない。いつもより東のほうを走る道を使っており、このバーは思いがけない大きな障壁だ。

引き返す他ない。一度道を逸れるが、ＪＣは別の道を通って障害を迂回し、ふたたび東の道に合流する。小型トラックの上に乗っているタリバーンたちの前を、啞然とする眼差しを浴びながら逆走するしかない。この夜の時間に、これほど長い車列で、そのうえ夜間外出禁止時間帯なので、目立たないはずがない。ルートの変更によって、われわれは数キロのあいだ、民間用空港につながる警備の厳重な道路を走らなければならない。

検問所が何倍にも増える。ほぼ五百メートルおきに置かれている。われわれ同様警戒するタリバーンたちが張っており、車列が停止するたびに緊張が高まり、車列の異常な長さが彼らを非常に困らせる。ひとつの検問所を抜けたと思うとすぐに次の検問所があるので、車列の最後のほうの車両はまだひとつ前の検問所を通っていないのだ。

道中、わたしたちが出会うタリバーンたちは皆一様ではないことがわかる。ひどく興奮したり、おぼつかなかったり、自分たちがそこでなにをしているのかわかっていないような者たちもいる。虚ろな目で、わたしがフロントガラスのうしろに広げているフランス国旗や外交官ナンバープレートを見つめ、われわれが何者でどこに行くのかもわからずに、微笑みながら行っていいと合図する。不安でより攻撃的な態度をとる者たちもいて、彼らはきちんとわれわれの身元を確認する。彼らはいまの地政学的な次元をまったく理解していないが、単純な二つの要素からなる本能に従って反応する――敵か味方か。

いつ状況が変わってもおかしくない。いつ行く手を阻まれてもおかしくない。わたしが特に心配するのは、危険と名高いジャラーラーバードの道を数キロ走らなければならないことである。二百キロメートルも離れていないパキスタンへと通じるこの道では、数えきれないほどの攻撃や自爆テロが起きた。攻撃してくる者たちは選び放題だ――タリバーン、ダーイシュ、一匹狼、あるいはこの道にいつものさばっている追いはぎたち。

わたしたちは車列が広がらないようにゆっくり走る。マクロリャン地区の道を進んでいく。普段ここは近代的な建物が立ち並び、その足元に絵に描いたような市場があり、夜遅くまでにぎやかだ。しかし、いまは夜間外出禁止令のため道は空っぽで、すれ違う人は歩いているか車に乗っているタリバーン警備員だけで、じっとわたしたちが通るのを見てくる。夜の彼らの瞳は、まるで底なしの深淵のようである。

とうとうジャラーラーバードの通りに出る。誰もいない。タリバーンたちも、安全を考慮してここは放棄したに違いなく、わたしたちは難なくこの大通りを進むことができる。予期せぬこともなにも起きない。数キロメートル走った後、軍用空港の東ゲートに通じる長くてまっすぐなノー・レモン・ロードに入る。ノー・レモンは数多くの国際複合施設や政府機関があることで知られている地区で、そのほとんどすべてが攻撃の的になっている。だがそれは、タリバーンがカブールの支配者になる前の話である。

第二章　空港、地獄の出口

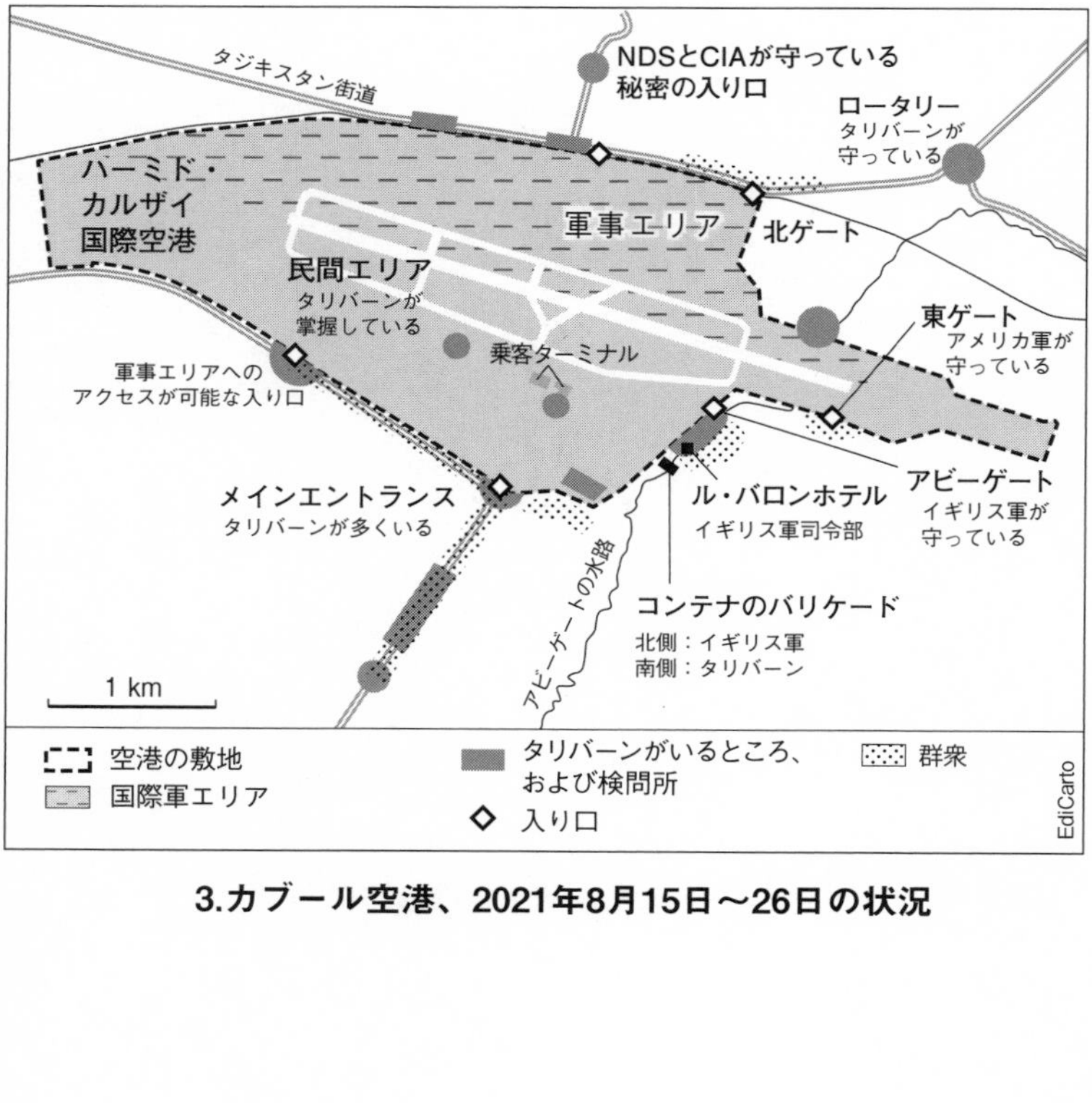
タジキスタン街道
NDSとCIAが守っている
秘密の入り口
ロータリー
タリバーンが
守っている
ハーミド・
カルザイ
国際空港
軍事エリア
北ゲート
民間エリア
タリバーンが
掌握している
乗客ターミナル
東ゲート
アメリカ軍が
守っている
軍事エリアへの
アクセスが可能な入り口
アビーゲート
イギリス軍が
守っている
メインエントランス
タリバーンが多くいる
ル・バロンホテル
イギリス軍司令部
アビーゲートの水路
コンテナのバリケード
北側：イギリス軍
南側：タリバーン
1 km
空港の敷地
国際軍エリア
タリバーンがいるところ、
および検問所
入り口
群衆
EdiCarto

3.カブール空港、2021年8月15日～26日の状況

空港へ到着

二〇二一年八月十七日夜～十八日

夜中、およそ一時間の行程を経て、われわれはついに軍用空港のすぐそばまでたどり着く。夜中に入るまでに手間がかかる。現場はアメリカ軍の管理下にあり、彼らはその一帯と周辺に厳戒令を敷いている。

軍基地にやってきたのはわれわれだけではない。スーツケースやリュックサックを手にしたアフガニスタン国民も夜間外出禁止令を犯して来ている。薄暗がりのなか、そこここにひとかたまりになって、道に沿って進んでいる。わたしたちの車のヘッドライトに照らされて彼らのことが見えるが、目標に近づくにつれ、その集団は大きくなる。

進んでいくにしたがって、無線がはっきり聞こえるようになる。入り口の前でわれわれを待つ同僚たちの声を聞きとる。遠くのほうに見える明るいビームをたどっていくように言ってくる。出発してから沈黙が支配していた車内の空気が和らぐ。ＪＣがあまりにも強くわたしの腕をつかむので、わたしは一瞬彼が危険を察知したのかと思う。「やったぞ、みんな……着いたぞ！」と彼は大きな声で言う。無線がパチパチ音を立て、皆が返事をする。フランスから二十四時間の旅を経て、午後にアルダフラ空軍基地から軍の飛行機に乗ってやって来たマルシャルは、「くそったれ、もうみんな会えないかと思ってたぞ！」と言って喜んでくれる。

軍用空港の東ゲートが見えてくる。入り口に押し寄せる人波のあいだをどうにか通っていく。男性、女性、子供たちはバスが通っていくのを眺め、未知へ、数日間彼らにとっては地獄となるだろうところへと向かって進む。彼らはまだそのことを知らないが、彼らは招かれざる客だ。

ほどなくして、目の前にいる大きな人だかりのうえに、扉があるのが見える。人びとはゆっくりと車列が通れるように道を空け、車列は東ゲートの前に立ち並ぶアメリカ兵の列の前で停止する。長い時間が過ぎ、扉が開きはじめる。が突然、途中で止まる。数人の兵士たちが扉の周りで忙しく立ち働くが、一向に動かない。

時間は零時二十四分。わたしは車から降り、歩いて入り口から十メートルほど離れて行くと、そこで大使館のチーム全員と再会する。わたしは皆がそこにいるとは思わず、安堵し、どっと疲れがくるのを感じる。肩の荷をおろして解放され、体が軽くなり、背筋を伸ばす。夜の匂いがわたしを包みこむ。この瞬間、わたしはこれから起こることもすでに起こったことも、ましてやこの先のことも、なにも考えない。

アメリカ軍やフランス軍に囲まれながら感動の抱擁を交わしたあと、非常に重い装甲ゲートの油圧モーターがつい先ほど壊れたことを知る。車両を通すことができない。一人ひとり乗客を降ろし、入り口まで連れて行かなければならない。この七十二時間というもの、われわれは大いに予期せぬ出来事に見舞われてきて、特に最後の一時間の長旅は試練だった。最後の最後にこれくらいなんてことはない。

アメリカ海兵隊は非常に神経質になっている。一般人が押し寄せてきて混沌となったこの空港を制御しなければならないのだ。四十八時間働きつづけ、若い兵たちの顔に疲れが浮かんでいる。彼らは戦争をするために教育され、訓練されているのであって、絶望や集団ヒステリーに駆られて荒れ狂う市民の秩序を維持する訓練を受けているわけではない。

わたしたちは何百人もの人を連れて到着するが、そのほとんどがアフガニスタン人である。ゲートの故障によって、安全対策に割れ目が生じる。すぐにその穴をふさぎ、われわれの作戦も延期すべきだった。だが作戦はそのまま実行され、それによって兵たちは当初の作戦を放棄し、敵ではない敵を前に即興的に対応する必要に迫られる……それが敵と化すまで。

わたしは汗だくのセマジを発見する。４ＷＤのトランクの暑さのなか、防弾チョッキとブラックボックスのしたで過ごした一時間四十分の旅は、恐怖や不安以上に彼から文字通り水分を搾り取った。夜の新鮮な空気を吸って彼は幸福を感じる。ダイールとイローラムも加わり、自由になった微笑みを浮かべて抱き合い、静かに人ごみのなかへ消えていく。

バスの乗客たちは十人ずつのグループに分かれ、いまでは約五十人の兵士たちが立ち並ぶゲートの隙間の前に並ぶ。男性、女性、子供、例外なく全員が厳しい身体検査をされる。

さらに、荷物は地面のうえで空にされ、徹底的に調べられたうえで、爆発物探知犬が来てそのすべてを嗅いで施設内への入場可否を検分する。アフガニスタン人たちの顔には疲労と不安が見られるが、それよりも、たとえどんなに屈辱的であろうともこの最後の障害を乗り越えてやるという決意のほうが強いようだ。

つぎに、アメリカ軍に代わってフランスの特殊部隊である空挺パラシュート部隊の検査を受けなければならない。この検査はより優しく、繊細さと敬意をもって行われるが、真剣な作戦に不可欠な厳しさもちゃんとある。

東ゲートに到着し、そこでわれわれを待っていた大使と対外治安総局のカブール支部局長に、わたしはナンギアライのグループを指し示す。

わたしがナンギアライを見たのはこれが最後だった。彼が一言も言わず目もくれず、検査場のほうへ歩き去って行くのを、わたしは見送る。

北ゲートの悪夢

二〇二一年八月十八日水曜日、カブール空港

空港内でふたたび集結し、人びとは喜びを交わし、子供たちは走り回る。三日三晩の不安と疲労が刻んだ痕を笑顔が消し去る。疲れた表情をしていても、そこには安堵と同時に、ここまで支えてくれた人たち、そしていま迎え入れてくれた人たちに対する感謝の気持ちが表れている。野営の寝床も食糧も仮設トイレもどうだっていい、ついに国を去るのだ。生まれ育ったこの国から、なんとしてでも逃げ出したい。彼らとその家族にとって、ここで待ち受けている地獄に比べたら、どんな未来だろうとましなはずだ。

大使館の警備員のワヒドはそう考えているに違いない。偶然わたしは彼を集結所で見かける。わたしたちは目が合う。彼の目に驚きと心配が浮かぶのを見てとる。わたしが反応し、どうしてここにいるのか訊かれるのを恐れているのだろう。彼はわたしたちの知らぬ間にチャンスをつかみ、バスの一台に乗り込んだのだ。

大使館の中庭の大混乱の最中、誰も彼に気づかなかった。わたしはうなずき、何事もなかった

かのように歩き出す。彼の運命は変わるだろう。高邁な野望を抱く土木技師は、幻滅する危険を冒す。

集結所を離れる前に、わたしはアブドゥル・ジャバールに挨拶する。わたしは彼が大使館の検問所で立ち往生していたところを連れてくることができたのだが、その後どうしていたか気になっていたのだ。アブドゥル・ジャバールは元警察官で、フランス軍がまだアフガニスタンに駐屯していた頃に、フランスの特殊部隊と一時期一緒に働いていたのである。アブドゥル・ジャバールの件については、昨年の春にすでに知らされていた。当時フランス軍を指揮していた将軍が直々に、フランスが恩義のあるこの男を国外へ脱出させられるよう閣僚会議に働きかけたのだ。

軍事作戦中、彼はタリバーンの陣地に攻撃した。彼は、フランス軍が捕獲あるいは無力化したいと思っていたタリバーンの主要幹部をかくまっていると思われていた住居のなかに、一番に入っていった。数人のテロリストを殺害した後、彼は重傷を負った。彼の行動により、フランスの軍司令部が介入していたら多大な犠牲を出していただろう事態を免れた。それ以降、アブドゥル・ジャバールはカーピーサー州に移り住み、弟とともに常にタリバーンの報復の脅威にさらされつづけ、その弟は結局二〇一六年に殺害された。彼は負傷によって人工股関節をはめることになり、警察官としては働けなくなった。

空港内を歩き回ったあと、おそらくもう会うこともないだろう知り合い数人に別れの挨拶をする。わたしは彼らを待ち受けている試練、歓迎されていない国で直面するだろう数えきれないほどの困難、彼らにはまだ見えていないだろう困難のことを思う。わたしはセマジとイローラムのところにも挨拶しに立ち寄る。彼らは、近いうちにフランスで再会しようと約束する。やがて、４ＷＤの過熱したトランクのなかでの彼らの旅は、壮大な記憶として残るに違いない。

つぎにわたしは〝タレス村〟と呼ばれていた、従業員の大半に見捨てられたフランス企業の敷地へ向かう。残っているのは経営陣だけで、快くわたしたちを建物内に迎え入れてくれ、寝床も提供してくれる。建築現場でよく見かけるようなスチールコンテナを集めて、居住空間に改造し、寝室として使っているのだ。各コンテナの広さは八平方メートルもなく、二人用になっている。スパルタ式だが、われわれが必要とするすこしのあいだだけだったら十分快適である。

わたしたちは、コンテナに囲まれ灯油の臭いが充満している、食堂エリアにいる。笑顔が絶えず、談笑ムードがただよっている。もうすっかり時間も遅く、午前三時近いが、わたしたちはありあわせの軍用糧食の夕食と誰かが持ってきてくれた酒を囲みながら、再会の喜びに浸る。報告会の時間でもないのに、わたしたちは自分たちがくぐり抜けてきた時間をそれぞれ思い起こし、語らずにはいられない。緊張がおさまり、ようやくそれぞれカブール後のことを考えられるようになる。とうとうアフガニスタンを去ることができるのだ。

わたしは午前五時に寝床に就き、数時間休む。疲れているものの、わたしの部屋から十数メートル離れたところで飛行機が安定したペースで離陸し、そのエンジンの騒音のなかでは目を閉じることができない。多くの国々からやって来た、兵員輸送から旅客輸送に姿を変えた軍用貨物機で滑走路はいっぱいである。管制塔も地面の航路標示ももはや機能していない。パイロットたちは暗視ゴーグルを使い、計器と目視による飛行で見事に切り抜けている。貨物室担当者たちは、動き回り、あれこれ工夫しながらスペースを埋めていく。

アメリカの航空機は重力に挑戦し、定員の八倍である八百人以上の人を移送する。これでも一九九一年にエチオピアに住むユダヤ人コミュニティ、ベタ・イスラエルをイスラエルへ避難させた（「ソロモン作戦」と名付けられたこの作戦では、イスラエルは三十六時間のあいだに一万四千人もの人びとを避難させた。アディスアベバからテルアビブ間を、一度におよそ一千百人移送した）ときの記録を抜くことはできない。

頭のなかの嵐は止むことなく、わたしは寝つけない。思考のなかをさまよい、体験したばかりの非現実的な出来事を映画のように思い返す。ふたつの相反する感情が湧きおこる――やるべきことを達成した満足感と、なんだかよくわからない辛さ。アドレナリンが下がってきたのだろう、と思う。コンテナの屋根のうえにたばこを吸いに出る。日が昇ろうとしている。再生の約束のように、空が赤く染まる。空の交通はあいかわらず盛んで、そんななか、わたしたちが新たに身を落ち着けた場所からそう遠くない山側のほう、空港の北側のほうから、爆発音のなかに喧騒が聞こえてくる。

その喧騒は北ゲートのほうから聞こえてくる。カブールの商店街を歩くには危険が大きすぎたとき、よく週末に暇つぶしに空港の基地に来たのだが、そのとき北ゲートを使っていた。大使館からの道のりは長くなるが、南のアビーゲートよりも道路が安全なのだ。基地にあるアフガニスタン市場に行っていた。チキン・ストリートの縮小版のようなものだが、カブールの中心街の通りほどの魅力はない。北ゲートは商店やレストランから遠いので人通りが少なく、四車線の幹線道路〝ロシア人道路〟が通っており、歩行者の通行が禁止されている。しかし、何時間も前から聞こえてくるざわめきは、そこから来ている。

わたしはひとりで歩いて北ゲートに向かう。行き方は簡単にわかる。兵士たちと車両の流れを追うだけである。数分後、兵たちに囲まれた、アフガニスタン人の男女や子供たちの数百メートルにもおよぶ長い列が見える。

わたしは貨物操車場に到着する。そこでは、汚物と悪臭のなかで点検、検査、登録が行われている。男性も女性も、疲れと苦悶が顔に浮かんでいるのがわかる。子供たちは衰弱した様子だ。彼らはどこから来たのだろう？　あいかわらず喧騒と、銃撃音と爆発音が聞こえてくる。

わたしは歩きつづけ、ついに北ゲートに到着する。現場には、各国の兵士たちが数十人ほどいる。フランス軍の記章を見つけ、兵士たちに近づく。アパガン作戦を安全に行うために急遽フランスからやって来た、オルレアン空軍基地の空挺部隊である。夜のあいだに彼らの存在にはすでに気がついていた。彼らはすべてのセキュリティチェックを行い、われわれが連れてきた数百人の人びとを引き継いでくれた。

彼らは前日に到着し、万が一在留フランス人たちが空港のゲートのひとつにたどり着いた場合に、その人たちを迎えに行く任務を帯びてこのエリアに配備されていた。彼らは北ゲートの下流に立ち、大きな装甲車がもたれかかる巨大な鋼鉄製の扉を人びとがちびりちびりと通過する様子を観察している。まだあの喧騒が、いまでは叫びやうなり声となって、扉の反対側から聞こえてくる。アメリカの厳戒令により、ゲートの向こう側から外に出ることはもちろん、われわれがいるこのエリアから出ることも禁じられている。それでもわたしは扉まで行ってその境界線を越え、フランス空挺部隊もわたしにつづく。

わたしは混沌とした状況を予想していたが、目にしたのは黙示録の場面、世界の終わりの場面である。ファンタジー映画で見るような、選ばれし者だけが箱舟に乗ることができ、他の人たちは命がけで乗り込もうと必死になるような場面である。わたしは胃が痛くなり、不安と恐怖とショックが入り混じった感情をなんとか抑えようとする。まるで野外強制収容所が目の前に広がっているようだ。有刺鉄線に囲まれた何千人もの人びとが、なかにはその鋼の刺のなかでもつれながら、カブールの地獄の出口である空港に死にもの狂いで入ろうとしている。

こん棒で殴られようと、威嚇射撃や直接ゴム弾を打たれようと、耳を聾する榴弾を投げられようと群衆は一歩も退かず、普段はアメリカ軍の前哨部隊である男たちが与えてくる苦難に耐えている。アメリカ軍と言っても、彼らはアメリカ人ではない。彼らはアフガニスタン秘密情報機関NDSの特殊部隊の軍服に身を包んでいる。肌が黒く、長い髪を結び赤いバンダナを巻いたこの男たちの振る舞いにわたしは狼狽する。彼らの顔にはなんの感情も表れておらず、黒く空虚な眼差しには、目の前に広がる光景の残酷さがにじんでいる。

自動人形のように、彼らは入って来ようとする哀れな人びとの頭を長い棒で殴る。一定のリズムで定期的に榴弾を放ち、バンバンバンと威嚇射撃をする。悪夢の光景だ。この男たちは、目の前にいる人びとのことなどちっとも考えていない。女性、子供、乳児、誰もこの一定の方法に従って組織化された激しい暴力を、極限まで合理化された秩序維持を免れない。この光景にわたしは凍りつく。暴力は見慣れていたものの、このような盲目的な残酷さは見たことがなかった。

赤いバンダナを巻いた男たちは、間違いなく汚れ仕事を依頼された傭兵だろう。ＣＩＡの下で働くそのような集団がいることを耳にしたことがある。彼らは主に夜間に活動し、人里離れた南部地方で追跡していたタリバーン戦闘員たちの家に恐怖をまき散らした。夜襲のあいだ、彼らは無差別に出動し、住民たちに卑劣な暴力行為を働いた。

わたしは海兵隊の将校にすぐに見つかり非難され、乱暴に扉の後ろに押し戻されて、それ以上の長居はできずに終わる。鋼鉄の壁は、引き裂かれるような叫び声や喧騒の、悪夢の音を消すことはできない。しかしここからでは、そのすぐ背後でくり広げられているあの耐えがたい光景を想像することは不可能だし、ジャーナリストも報道カメラも現場を抑えることはけっしてできないだろう。

もう一度出ていくとしたら、今度は戻れない可能性が出てくる。海兵隊は規律に厳しい。彼らはいまのこの状況で手一杯だ。実際、もはや入り口しか制御できなくなっている。それだってもいまにも人びとの圧力に負けてしまいそうになっている。外はもはや制御不能になっている。と言っても、タリバーンでさえ誰ももう制御していない。

外はまさに混沌だ。中から、扉を一歩越えれば完全なる無秩序だ。中に入ることのできたアフガニスタン人たちはショック状態のようだ。服は血がついて引き裂かれ、顔は山から街に吹いてくる風で舞い上がった灰色の埃まみれだ。彼らは疲れ果て、取り乱し、三日三晩くぐり抜けてきた暴力でへとへとになっている。男性も女性も子供も、皆耐え抜いた試練の傷痕を背負っている。顔は腫れあがり、頬には涙がつたった跡があるが、それでもときおりざわめきのなかで笑い声が響きわたる。

そんな騒ぎのなか、兵士たちは英語で指示を叫ぶが、避難民たちには聞こえていないか理解ができない。疲れ果て我慢の限界がきた兵士たちは、とうとう彼らを乱暴に収容されるべきエリアに押し込む。彼らはそこで分けられてから、出発候補者たちの列に加わるために一列に送り出される。そうして彼らは、あまりにもごみが積まれてごみ捨て場と化した炎天下の待機場で再編成されるのだ。

果てしないリスト

二〇二一年八月十八日水曜日、カブール空港

タレスの本部に戻ると、チーム全員がすでに仕事にかかれる態勢に入っている。皆眠れなかったようだ。アパガン作戦の一環として、フランス空軍の兵士たちは夜のあいだに、アブダビにあるフランスのアルダフラ空軍基地へ向けて最初の輸送を行った。前日に到着したエアバスＡＴＭ４００とＣ１３０ハーキュリーズの二機の軍用機を交代で使用し、二十四時間体制でピストン空輸すれば一日に約四百人運べるはずだ。

二回目の輸送は午後行う予定で、われわれが乗る最後の輸送は夜に予定している。それでこの壮大な冒険譚ともお別れだ。少なくともわたしたちの多くはそう信じているが、先ほど目にした光景のことを考えると、わたしはそうは思えない。

わたしは会議室に入る。大使は座ってさまざまな書類を読んでいる。ここにいる人たち皆がそうであるように、彼も憔悴しきった顔をしている。彼は忙しそうにしており、八月十五日から空港に滞在している外交官チームも、出発する気になっていないのがわかる。彼らは皆、情報処理

業務に忙殺されており、任務が終わりに近づいていても気を緩める様子がない。大使はわたしの質問にすぐに答えてくれる。

八月十五日以降、避難する人びとのリストが外務省から送られてきている。大使館での状況で手一杯だったわれわれには、そのことは知らされていなかった。新体制から特に脅威を受けているアフガニスタン人たちのリストがいくつか出回っている。画家、作家、俳優、人権活動家、非営利団体の幹部、ジャーナリスト、将来有望な人物、アフガニスタン国家機関の重要な標的となっている人たちが特定され、記録され、リストに載せられている。リスト化された大半の人たちは、フランスの政界、芸術界、エンターテインメント業界、非営利団体における人たちが選んだ人たちである。

リストはバラバラになっている。登録された名前とともに、各々の家族も付け加えなければならず、またその数も膨大である。配偶者と子供のみならず、両親、祖父母、叔父叔母、ときには登録されている本人によってその友人も数に入れられる。

大使館から避難してきた人の列を見たら、われわれが発つのは今夜でないことがいまはっきりする。この新しく複雑な仕事に取りかからなければならない。軍用空港の各ゲートに散らばっているリストに載っている人たちを特定し、居場所を突き止め、連れてこなければならない。さらに、四つのアクセスポイントに押し寄せている何千人もの人びとのなかから、それらの人たちを見つけ出す必要がある。北ゲートで目撃した混沌とした光景を思うと、いい予感はしない。この即席の任務を成功させる望みは薄い。

八月十八日の朝、われわれは新たな局面を迎えるが、このときはまだ目の前の任務が大使館にいたときのそれとは比べものにならないものであることを知らない。われわれは史上最も難しい集団避難のひとつの当事者になり、観客にもなる。敗走する国際コミュニティは、予想だにしなかった人道的悲劇がくり広げられるのを、呆然と見守ることになるだろう。

この朝のミーティングで、百五十人の人たちの運命をめぐって混乱が起きていることを知り、愕然とする。敵対勢力の侵入や彼ら自身の脅威が疑われたため、わたしたちはその百五十人を大使館に置き去りにした。その人たちが避難民リストに載っていることを知る。彼らのうちの約五十人はEU代表部の元職員で、約百人はフランスの文化ネットワークで注目されており、政界や政府当局の各方面から救出要請を受けているアーティストたちである。

このことを知り、わたしは苦しむ。彼らの不幸や、われわれが去って行くときに彼らが感じたであろう見捨てられた気持ちのことを考えると、深い自責の念に駆られる。見極める力のなかった自分が悔しい。一部の人間の攻撃的で敵対的な行動と、監視カメラの映像の誤った解釈のために、わたしたちは過ちを犯した。このような不安と極限状態のなか、他にどうすることができただろう？

日を追うごとに積み重なってきた疲労からわたしはまだ回復していない。緊張と疲労を一身に受けている背中がひどく痛む。長年にわたり、この背中がわたしの警戒ベクトルになっている。背中の筋肉がどんどん収縮し、背骨を万力のようにつかんでいるのを感じる。背中を丸めたまま会議室を後にし、最優先事項となった新たな任務に向けて動き出す。なんとしてでもあの百五十人を連れてくる。

この三日間、わたしの携帯電話は鳴りっぱなしである。電話、音声メッセージ、ワッツアップ、シニャル、あるいは単なるメールなど、四六時中ピコンピコン鳴るので休む暇がない。この後につづく電話の嵐とは比べものにならないが。地球全体がわたしと連絡をとりたいのだな、と思う。昼夜を問わず、十秒おきにわたしの電話は鳴るか、バイブで震えるか、ピコンと音がする。メッセージが殺到し、何十人もの人びとが次々と救ってほしい人たちの長いリストを送ってくる。多くは知らない人が、フランス語や英語やダリー語で送ってくる。ときにはロンドンやニューヨーク、果てはシドニーから、家族や友人、あるいは単なる知り合いを救ってほしいと懇願してくる。

一番多いときには、一日に四百から五百の電話やメッセージを受け取った。なかには、四十回も五十回もくり返し連絡してくる人たちもいる。夜、着替える間もなく一、二時間目を閉じようとしていても、電話が鳴るたびに跳び起き、心臓がどきどきする。寝ようとしても無駄で、唯一熱いシャワーのあとに冷たいシャワーを浴びるとすこしは落ち着く。同僚の大半は皆似たような状況で、電話とメッセージに襲われ、仕事にとりかかる前のコーヒーを飲みながらぐったりしている。

百五十人の人たちは安全なまま大使館に残っている。寝るためのものやその他の必需品もすべて備えている。われわれの誠実で素晴らしい大使館の協力者たちであり、国を去ることを望んでいないハッサン、ムスタファ（われわれの使用人）、そしてハキーム（われわれの元運転手）の三人が、彼らの面倒を見ている。会議が終わるとすぐにわたしは彼らに電話をし、避難計画を練る。

大使館の扉の前にふたたび人が密集しており、出入りをふさいでいるとハッサンが教えてくれる。前日われわれが出発したあと、タリバーンは検問所で新たな人の流入を抑えることができなかった。およそ千人の人たちがスーツケースと包みを抱えながら、次の輸送に加わりたくて、上部に有刺鉄線の張られている巨大な鋼鉄の扉が開くのを、今か今かとじっと見つめ待ちわびている。

わたしたちが扉の前で回避した悲劇が、いままさにわれわれの不在中に起きる可能性がある。ムスタファが送ってくれた監視カメラのスクリーンショットには、多くの子供たち、女性たち、高齢者たちが写っている。

百五十人の人たちを空港へ向かうバスに乗せるための場所へ連れ出すために、タイミングを図って扉を開けなければならない。群衆がもうすこしまばらになった瞬間に作戦を実行しようと、わたしとムスタファとで決める。それには時間がかかるかもしれない。

タレス村では、やることを整理しようとする。優先事項は、空港にたどり着けた在留フランス人と、フランスのビザあるいは滞在許可証を保有し、フランス人と同様にフランスに向けて出発する資格のあるアフガニスタン人の居場所を特定することである。また、手元には何百人もの知らない名前が連なっているリストがある。その人たちの連絡先も知らなければ、身元を確認する手立てもない。

この資格の〝基準〟に関しては解釈の余地がある。文脈によってアプローチの仕方が異なる。

法の厳格な適用を信奉し、ヨーロッパのガイドラインに加えてフランスにおける外国人の状況を規定するＣＥＳＥＤＡ、外国人の入国および滞在に関する法と被保護権に忠実であろうとする者たちがいる。世界中でテレビを通して恐怖の眼差しを向けられているこの人間悲劇において、人道的配慮よりも法的配慮が優先されている。司法論争を沸かせるフランス法の理論、法と法の精神は、カブールでその意味を持ち明確になるが、しかし確かな居場所はない。

再編成された場所で待機する避難民たちは、出発の準備をはじめる。カブールからアルダフラまでは、厳しい状態のなか三時間半から四時間のフライトとなる。可能な限りの人を積み込むために、人びとはぴったり身を寄せ合いながら地べたに座り、飛行機は満員状態である。アブダビに到着したら、フランスへ向けての最後の旅の前に一度解放されるだろう。

顔のない名前

二〇二一年八月十八日水曜日、カブール空港

最初の検討会を終え、午後のはじまりに、わたしは危機管理司令部であるタレス村に戻る。英語を話せるアフガニスタン人はとても少なく、ダリー語しか話せないアフガニスタン人たちとコミュニケーションをとるのが非常に困難で、収穫は少なかった。人が密集しているなかから見知らぬ人を探すだけでも容易ではないのに、言語の壁がさらに立ちはだかる。

通訳を頼める人ももういない。ワリは出発しようとしているところだが、確実に彼が必要だった。飛行機の前に並んでいる列のところで彼をつかまえたとき、彼はまさに妻とふたりの子供と一緒に飛行機に乗り込むところだった。疲れているものの、わたしに気がつくと彼の顔は明るくなり、わたしが離陸前に挨拶をしに来たのだと思ったのだろう。わたしが来た理由を告げると、彼の笑顔はこわばる。「状況はわかるよ、モー、でも妻と子供たちを僕なしで行かせるわけにいかない。向こうで落ち着くためにいてやらなきゃ」と、彼はいつもの穏やかな調子で答える。彼は自分自身の人生を築いたリールの隣、フランス北部に住むと前から言っていた。彼の人脈と地

方議員たちとの親しい間柄のおかげで、彼らが到着し次第、彼らを迎え入れ宿泊できるよう準備が整っている。「僕も一緒にいてあげなきゃ、彼らは空虚のなかに飛び込んでいくんだ。向こうには誰もいないんだ」と、ワリはますます居心地が悪くなって言う。

ワリの妻はわたしを非難の目で見てくる。わたしのしていることが気に入らず、言わずにはいられずに、「家族が彼を必要としているんです。もうそっとしてあげてください」と言う。彼女は夫を引き留めようとするが徒労に終わる。すでにたくさん尽くしてくれたが、ワリはわたしに恩義を感じている。彼は不可能を可能にした、自分の家族も妻の家族も全員連れてきて、ようやく皆揃って安心して暮らすことができ、新たな視点で将来を見据えることができるようになるだろう。彼は一瞬迷ってから、わたしに微笑み、わたしのために、感謝の気持ちから、〝仕事〟を終えるのに十分な時間だけ任務を引き受けてくれる。「数時間で終わるから」と妻に言うが、妻は涙を流す。

ワリはそれから四日間残る。わたしは余分な寝具があるのでわたしのコンテナを一緒に使わないかと提案する。わたしたちは、急遽去った前の住人であるタレス社員が残していった物たちに囲まれ手狭な空間にいる。荷物は最大九キロまでで身軽にという指示だったので、わたしは自分の荷物をすべて大使館に置いてきた。シーツも、毛布も、タオルも、シャワージェルも……不快なものばかりだ。

わたしたちは軍用糧食を分ける。かの有名な〝ラスケット〟だ。フランスの一流シェフのレシピで作られた、洗練された缶詰料理である。文句のつけようがない。缶詰ではあるが、羨望の眼差しを向ける会社のレストランもあるだろう。作戦地域では、フランスの糧食が高く評価され国際的な成功を収めている。そしてそれらを交換するうえで、非常に有利に働いている。フランスの糧食一日分で、アメリカの糧食三日か四日分と交換でき、美食の代わりにフリーズドライされたものや、冷たいものの代わりに温かいものを手に入れることができる。フランスの地元産の食材や美味しくて滋養のある料理は、厳しい状況のなかではちょっとしたごちそうだ。メニューには、仔牛のクリーム煮、牛肉の赤ワイン煮、パエリア、クスクス、ラザニア、チーズ、デザート、コーヒーとチョコレートなどがある。

わたしはワリのために防弾チョッキとぶかぶかすぎるヘルメットを手に入れる。彼は伝統的な民族衣装のサルワール・カミーズを着ており、膝下まである長い上衣と膨らんだズボンを合わせている。それに防弾チョッキを着けると、似合ってはいるがなんだかちょっとおかしくて、面白くて笑ってしまう。ヘルメットが目に落ちてくる。

「これできみも本物の兵士だ」

――「目の前が真っ暗で……どこにいくのかわからない兵士ってことだな」と、彼はいつものいたずらな調子で返してくる。

わたしたちは北ゲートへ、わたしが朝発見した強制収容所の領域へ向かう。この数時間で状況は悪化し、兵士たちは、いまにもすべてを押し流しそうな人の波に手が追えないようだ。ワリは押し黙る。彼は若かりし頃密航し、カレーで難民キャンプにいたこともあるが、このような光景を見たことはないだろう。稀に見る暴力の光景を目の当たりにして、悲しさと吐き気が湧きおこるのを隠せずにいる。わたしは一瞬、彼をここに連れてきたことを後悔するが、彼は気を取り直し、全エネルギーを振り絞って言う――「彼らをそこから出すぞ！」

だが、どうやってこのなかから探している人たちを見つけ出す？　写真もなければ、携帯の番号もなく、ただ名前と冗長なリストがあるだけだ。相当な数の兵士たちの警備網をくぐり抜けてきた人たちとすれ違う際に、わたしたちは〝フランス人〟を意味する「フランサウィ」や、〝フランス大使館〟を意味する「シファラード　フランキア」とくり返し叫んでみるが、徒労に終わる。

空港に大勢いるアメリカ人、イギリス人、ドイツ人による事前の検問で入場を許可された人たちの大半は、その三国のいずれかに入国する予定の人たちだろうから、またもや無駄な努力に終わる。わたしたちは運が悪く、同じエリアを歩き回っている他のスタッフ、軍人、警察官、そして外交官も誰ひとりとして見つけられない。

午後の終わり、わたしたちは前日入場した東ゲートのほうに回ってみることに決める。北ゲートと比べると、こちらのほうが状況は落ち着いているようだ。大挙するアメリカ兵が、増えつづける群衆を阻止しようとしている。前日壊れていた入場口は修理されているが、それでも群衆がそこまで来たら長くは持たないだろう。海兵隊は扉から百メートルほど離れた先に配備され、減圧室の役割を果たすための通路を作らなければならなかった。彼らは人びとと直接触れ合う位置にいる。四列になった海兵隊が人間バリケードとなり、計り知れない圧力を受ける。彼らの耐久力と頑張りは超人的だ。

兵士たちは三十分おきに解放され、部隊の後方、アメリカ軍の装甲車両のうしろで休憩をとる。海兵隊たちは皆若く、その童顔はカブールの土埃で覆われ、それが汗と混ざって肌に筋を残す。力を使い果たし息も切れぎれに、彼らは地べたに体を大の字にして寝転がり、空を見つめる。周りには、入場することのできた避難民たちに配られた食べ物の包みや空の飲み物などのごみが積まれている。

わたしはできるかぎり近づこうとするが、ひとりの兵士がわたしにつかまり、叫ぶ——「なにをしているんですか？　危険です、後ろにさがってください！」そして、仲間たちと肩を並べて立っている男たちのほうを指さす。その男たちは海兵隊員たちの隣で、人びとを押し返しているタリバーンで、アメリカ軍が盾を使っているところ、彼らはカラシニコフの銃床を使っている。状況はいつ悪化してもおかしくない。するとタリバーンたちが銃口を目の前にいる群衆に向ける。われわれは大事件の瀬戸際に立っている。政治的には抑えられないし、肉体的にも限界に来ている。東ゲートの閉鎖の噂はすぐに広まるだろう。

われわれは迅速に行動し、閉鎖される前にこの入り口を利用しなければならない。北の出入り口である北ゲートは通行不能だし、アビーゲートと呼ばれる南のゲートにしても、そこにたどり着くまでにタリバーンの検問所があり、誰も通さないようにしているためアフガニスタン人たちが入ってくることは困難だろう。したがって、この東ゲートで、厳格で組織化され、整然と行動しているアメリカ軍に囲まれながら、わたしたちはすこし乱雑なやり方で行動を開始する。半開きになっている巨大な扉に立ちながら、すこしずつ入ってくる人たちに向かってフランス人かどうか、ビザを持っているかどうか大声で訊いていく。

そのような人たちは非常に少ない。なぜならわれわれの前にアメリカ軍が検問でアメリカに行く予定の者たちを優先的に入場させているからである。そのなかに、ときおり規定にかなわない人たちがいて、そのような人たちはアメリカ軍によって容赦なく国外へ送られることになる。そうしてわたしはエーサーンという三十代のアフガニスタン人の若者と出会う。

エーサーンはフランスの滞在許可証を持っている。なぜわれわれのほうに申し出なかったのか訊ねると、アメリカへ行って〝新しい経験を生きよう〟と思ったのだと説明する。彼の一貫性のなさにいらだち、わたしは彼にそれがどれほど迷惑なことかを伝える。フランスの滞在許可証を待ち望んでいてももらえない人がたくさんいるなか、彼はもらえたのだ。彼には妻とふたりの子供がいるが、一緒に連れてきていないと彼に言われると、わたしのいらだちは怒りに変わる。彼は妻子を捨て、ひとりで行きたいと言う。彼のその振る舞いにわたしは憤慨し、もし家族も一緒に連れて行かなければおまえもフランスに送らないぞと脅し、戻って家族を探してこいと命令する。彼はそれに従い、数時間後に家族を連れてふたたび現れる。

その間、わたしは東ゲートで待機し、われわれの陣営であるタレス村へ連れていくべき人たちをできるかぎり見つけ出そうとする。アメリカ軍の車両の前に伸びる隊列のなかに、何百人もの男性がひとりだけでいることに気がつく。彼らは、よその国で新しい人生を始め、後に家族も呼び寄せる希望を胸に抱いている出国候補者たちである。彼らの多くは、この先長い道のりが待ち受けていることを知らない。

われわれは東ゲートから手ぶらでは帰らない。アメリカ軍が一時的にわたしたちから奪っていた、アフガニスタン人を中心とした数十人を拾って、われわれの車両や装甲バスに乗せてわたしたちの陣営まで連れていくことができた。

前日、扉の故障と、アメリカ軍司令部が車両の空港内入場を許可しなかったため、わたしたちは七台の4WDと装甲バスを乗り捨てていかなければならなかった。翌朝、大変驚いたことに、わたしたちの車両が空港内を走り回っており、その車体には赤いペンキでUSMCと書かれていた。USMCとは、「アメリカ海兵隊」の略号で、彼らはわたしたちの〝自動車〟を乗っ取り、移動に使っているのだ。わたしたちも何百人もの避難民たちを運ぶためにどうしても必要だというのに。

車両を取り戻そうと言い出したのはマルシャルだった。彼は粘り強く数ある巨大な駐車場を歩いて回り、われわれの車両を見つけると、泥棒を捕まえるために正真正銘の隠れ場所に乗り込んだ。普段から歯に衣着せずに言うマルシャルは、ときに海兵隊員たちと激しいやり取りをしながらも、二十四時間以内にわたしたちの4WDとバスすべてを取り戻すことに成功した。外からなにも持ち込めない空港では、〝戦時には戦時のように〟、すべてが共食いされるのだとすぐに理解した。

誰もがぶんどれるものはすべてぶんどる。そのゲームにおいては、イタリア人が一番の強さを見せる。彼らは空港を制御しているアメリカ軍の鼻先で、五十人乗りのバスを回収する。他国も負けていない――かつて空港で運行していた物流会社の小型トラックやミニバスは、いまではその所有者の略号が入っている。

ようやく役立てることができる十五人乗りの装甲ミニバスと十台ほどの4WDを手にしたわれわれも、馬鹿にはできない。

このミニバスは高額で、四十万ユーロほどした。話によると、二〇〇八年にフランス大統領の公式訪問の際に、報道陣を運ぶために購入されたらしい。大使館と空港を往復するために一度しか使われず、それ以降ずっと大使館の駐車場で眠っていた。そして今日、運命のいたずらと歴史の加速によって、われわれの任務を果たすための貴重な切り札と化したのだ。

時間との戦い

二〇二一年八月十九日〜二十日、カブール空港

八月十九日早朝、午前五時頃、携帯電話が震える。画面に一枚の写真が映る。大使館の警備員のひとり、ムスタファが送ってきたものだ。大使館前の通りががらんとし、人っ子ひとりいない写真である。そこでわたしは、できるだけ速やかにそこにいる人全員を外に出すように指示する。彼はそれを実行し、十五分もしないうちに残っていた人たちがいなくなり、大使館は空になる。彼らは街のなかに入り、軍用空港のゲートのひとつまで移送するためのバスを送りやすい、人に見つかりにくい場所で再集結する。数時間後、彼らはわたしが素早く借りた車両についに乗り込む。そしてわれわれのほうへ向かう。

空港の軍事区域と北ゲート、東ゲートとアビーゲートの三つのゲートの前にはあいかわらず何千人もの人びとが群がり、飽和状態のもとすぐにでも閉鎖する危機に瀕している。

アビーゲートに向かう途中、遠くのほうでアフガニスタン人の列が空き地を横切り、敷地の壁へ向かっていくのが見える。到底乗り越えられないだろうTウォールを彼らはよじ登ろうとして

いる。なんとしてでも空港内に入ろうとしているのだ。警告後に発砲してくる兵士たちにいつ狙われるとも限らないと知っていながら。

彼らはとうとう割れ目があることに気がつく。有刺鉄線沿いに数キロメートルつづく細い道があり、空港の下水道と、アビーゲートから数十メートル離れたところにある五つ星ホテルのル・バロンへとつながっている。タリバーンに追い返された何千人もの人びとが、岸の外側、そして汚物や排泄物にまみれた水路のなかで積み重なる。彼らは、人びとを阻止し割れ目をふさぐように指示されている無関心な兵士たちに手を伸ばす。努力も水の泡だ。何千人もの男女と子供たちが間もなくこのむき出しの下水道の端に押し寄せ、その健康にいい岸に必死にしがみつくだろう。その数十メートル先では、コンテナのうえに立つタリバーンたちが、アビーゲートからなかに入ろうとする人びとに対して退散するよう説き伏せ、空に向かって発砲している。

わたしは水路沿いに行き、悪臭を放つ水からふたりのアフガニスタン人を引き上げようとする。避難民たちを水路のなかへと押し返している海兵隊員たちの圧力が非常に強く、軍服を着た男たちのあいだをかき分けて進もうとするが、あまりにも骨が折れる。諦めて別の方法をとろうかと考えた矢先、この混沌のなかにいる兵士のひとりが、袖に青、白、赤の記章をつけていることに気がつく。フランスの空挺部隊だ。わたしは彼らに向かって叫ぶ――「なにをしているんですか？」―ひとりがわたしに叫んで返事をする――「彼らは逃げようとしている！」―兵士同士の連帯で、彼らはアメリカ軍やイギリス軍が群集を阻止するのを手伝っている。この瞬間、わたしはこの任務がいかに逆説的で困難なものであるかを思い知る。アメリカ軍とイギリス軍は、水路のなかに飛び込み反対側の自由の岸へ渡ろうとしている避難民たちを阻止し、押し返せとの命令を受けている。その一方、フランスおよび他国の警察は、避難民たちをこの地獄から救い出し、別の運命を約束してあげようとしている。

わたしがやっと二日二晩この下水のなかで過ごした不幸なふたりを引き上げると、ひとりのフランス兵がわたしのもとへ駆けてきて乱暴に呼び止める――「この人たちを連れて行ってはいけません、フランス人しかだめですよ、フランスのパスポートを持っている人じゃなきゃ！」われわれの任務は当初の枠組みを越えるものだといくら説明しても、彼は聞く耳を持たない。そう指示を受けている、と彼はくり返すばかりだ。わたしたちの言い争いは次第に怒鳴り合いになり、全員の視線が、困惑した人びとの前でくり広げられるこの哀れな光景に注がれる。わたしはこの若い兵士に、わたしの行動の邪魔はしないでくれと頼み、自分の持ち場に戻るように言って、議論に無理やり終止符を打つ。しかしどうして彼を責めることができようか？　これほど周囲が混沌とした状態なうえ、命令も異なっている！　わたしたち警察は連れていくべきアフガニスタン市民のリストを受け取り、フランス兵たちはフランス人のみを連れていくとだけ指示されている。

状況がさらに複雑になるなか、避難させる人たちをできるかぎりわたしたちの近くに連れてこられるよう、方法を見つけなければならない。この五年間ＮＡＴＯ軍基地を頻繁に訪れていたおかげで、西側にもうひとつ出入口があるのを知っている。不思議なことに誰もそのことを言わず、使われていないことにわたしは驚いていた。同僚と一緒に行ってみることになるが、この出入口は遠く、徒歩だとたどり着くまでに一時間以上かかる。

そこでわたしたちはアフガニスタン治安部隊の小型トラックを拝借することにする。ひとりだけ乗っていた運転手は、わたしたちが西口に連れて行ってほしいと頼むと、訝しそうに見てくる。それでもわたしとRAIDの七人の同僚たちを乗せてくれ、わたしはこの即興タクシーを、ドニス・ド・ラ・パテリエールの映画〔《Un taxi pour Tobrouk》『地獄の決死隊』。直訳だと『トブルクへのタクシー』〕になぞらえて〝カブールへのタクシー〟と名付ける。この映画のなかでヴェンテュラ、アズナヴールとその仲間たちは砂漠のど真ん中で機関銃装備装甲車両を奪い、驚くべき大旅行をはじめるのだ。

わたしたちは空港と内務省の警備部隊やNDSの敷地に沿って狭い道を走る。途中、装甲車の焼け焦げた残骸があり、数日前の戦闘を物語っている。数キロメートル進み、とうとうNDSが管理し、CIAの本部が置かれているアルヴァラド基地にほど近い西口に到着する。この出入口はNDSのアフガニスタン治安部隊によって固く守られている。黒い迷彩柄の服ですぐに彼らだとわかるが、それ以上に彼らの長い髪、バンダナ、そしてもじゃもじゃのあごひげという奇妙ないで立ちのほうが目立ち、北ゲートで群衆を虐待していた男たちを彷彿とさせる。私服姿の西洋人のふたりの男が彼らのそばに立っており、そのふたりが作戦を指揮しているようだ。彼らはアメリカ人で、わたしたちを冷たくあしらうと容赦なく引き返すよう言ってくる。このエリアは在留アメリカ人のみ、少なくとも正式なアメリカのパスポートを保有している者たちのみの入場に限られている。

開いた扉と柵の数十メートル先の道に、人の列が絶え間なくつづいているのが見え、彼らはここから五キロほどのぼったところにある北ゲートへと向かっている。歩いている人たちは西口には目もくれない。実際、この入り口の前には誰も立っておらず、この場所に到着した人たちは、道路からは見えないちいさな荒地を横切ってすこしずつ入ってくる。在留アメリカ人を回収する作戦は、こうして内々に行われている。

わたしは交渉してみようとするが、無理だ。「ここにあなたたちの用はないですよ！」とアメリカ人のひとりが言う。わたしは、避難民たちがここを通れるかどうか確認するために場所を調べたいと主張し、そしてすぐにそれを実行するべく、同僚たちやアメリカ人たちの迷惑を承知で、扉を越えて外へ出る。彼らの自信は、一瞬のパニックに変わる。わずかに険悪になりながらも、互いに妥協点を見出すことができた。わたしはこの道を使って百五十人の人たちを連れていきたいと思っている。彼らが乗っているバスは近くまで来ており、あと数分で西口を通過するはずだが、アメリカ軍の融通の利かなさに手を焼く。相手は、この出入口を絶対の秘密にしておこうとしているが、フランスのパスポートを保有している人たちのみ通過させてもいいと譲ってくれる。ちいさな勝利だが、未来はない。なぜなら、いまのところ、この条件を満たす者は誰も軍用空港のゲートに立っていないからだ。

わたしたちはふたたびわれわれのタクシーに乗りこみ、周囲を取り囲む山々の砂と風だけが風景を活気づけているこの静かな場所を離れ、騒乱の震源地へと向かう。

百五十人が乗っているバスが北口に近づく。入り口まであと数百メートルのところで、群衆につかまり、前に進めなくなる。反対側で待つわれわれのところにたどり着くためには、乗客たちはバスを降り、人の流れを追って歩いてこちらまで来なければならない。見たところによると、その行程には四十八時間要するかもしれないが、他に選択肢がない。

ところが、百五十人の人たちはその選択肢は捨て、バスのなかで待つことにする。彼らのリーダーであるロウラーは、わたしたちに迎えに来いと要求する。このグループは、フランスの劇団が後援する約百人のアーティストと、ＥＵ代表部のアフガニスタン人職員約五十人で構成されている。わたしの主張をいくらワリが何度も説明してくれようとも、彼らは聞く耳を持たない。どの出口も使えず、タリバーンの領土内で、しかも恐怖におののき制御不能な何千人もの人びとが押し寄せているただ中で、脱出作戦を実行する力はわれわれにない。

一切妥協しない彼らは、過熱したバスの耐えがたい空気のなか一日過ごす羽目になり、おまけにバスの周りをうろつく人びとが集まり、焼けつくような日差しから身を守るために車両のなかに入って来ようとしている。それから、夜の不安にさらされる。時を同じくして、同じ場にいたアフガニスタン人ジャーナリストの夫婦が、北口の反対側にいたわれわれのところになんとかたどり着く。彼らは歩みを進めるごとに叫び声や涙、そして暴力に直面しながら、地獄のような一夜を抜けてきたのだ。

翌日、家に帰りたいバスの運転手たちによって、アーティストたちとＥＵ職員たちはとうとうバスを降りることを余儀なくされる。それと同時に、押し寄せる群衆に耐えられないと判断して、アメリカ軍が北口の閉鎖を決める。群衆は鉄条網のバリケードを越え、巨大な扉の足元までやってきたのだ。そしてこの扉は、もはや背にある装甲車の支えによってしか立っていない。

百五十人の人たちはもはやここから五キロほど離れた、一番近くの出入り口である東ゲートまで歩いていくより他ない。そこはまだ開いている。だがいつまで？　彼らと一緒に何千人もの人びとが同じ道を行くので、必然的に同じ影響と結果をもたらす。すなわち、出入り口の封鎖だ。時間との戦いだ。一番にたどり着かなければならない。

むき出しの下水道

二〇二一年八月二十一日、カブール空港

翌日の八月二十一日土曜日、百五十人の人たちがようやく東口に到着したとき、重さ数トンの扉はすでに閉鎖され、巨大な鉄骨に支えられているだけの状態となっている。そこでアフガニスタン人の波は唯一にして残された最後の出入り口である南のアビーゲートに向かって進む。アーティストの人たちは希望を捨てずに人の流れを追うが、ＥＵ職員たちは疲れ果て、家に帰ることにする。

アビーゲートへ通じる道では、タリバーンが陣取り、鋼鉄製の輸送用コンテナをいくつも積み重ねて道路を封鎖した。彼らはひとりも通さず、暴力的で、容赦なく武器を市民たちに向けたり、カラシニコフで威嚇射撃をしたりする。男性も女性も逆らっても無駄なことはわかっている。いつなんどき惨劇と化すかわからない。また、こうなっては最後の希望は空港の水路しかないこともわかっているので、自然な流れで列は東に向けて、荒地と彼らの運命が決まることになるむき出しの下水道へとつづく道へと向かって伸びていく。

空港の状況は刻一刻と緊迫していく。各国はへとへとになりながら飛行機に人を詰め込み、それらが次々と離陸し、また避難民たち自身によって急遽仮設キャンプが、離陸ターミナルへ通じる通路沿いのアスファルトの歩道に作られる。昼夜を問わず、仕分けエリアとして使われている軍事基地の駐屯場を人の列がぞろぞろと通っていく。飛行機同様、ミニバスやトラックや小型トラックも集団移送用車両として、各ゲート間をひっきりなしに往復している。

あたり一面、瓦礫やビニール袋が風に吹かれ散乱し、あるいは有刺鉄線に引っかかって、爆発音や絶望の叫びに呼応して、この瞬間の苦悩を謳う色とりどりのペナントのようになっている。

われわれの危機管理司令部では、陰鬱な雰囲気がただよっている。無力感が蔓延しているのだ。とはいえ、アビーゲートの回収エリアへのアクセスや捜索対象者の特定が大変困難ななか、わずかな手段を用いながら、一日平均二、三百人を避難させている。事務所にいる大使と数人の外交官たちは頻繁にフランス当局とやりとりをし、避難すべき人たちが柵を越えより簡単に空港内に入ってこられるように、なんとかフランスのロゴ入りの公的証明書を数百枚送ってもらおうと手を尽くす。

空港の周囲には六千人のアメリカ兵が配備されている。彼らの任務は、あらゆる侵入を防ぐことである。アメリカ軍は数日前に起きた混沌をくり返したくない。あのときは何千人もの人びとが空港内になだれ込み、飛行機に並走して絶望のあまり翼にしがみついていた。兵士たちはわたしたちに対してもあいかわらず融通が利かない。というのも、わたしたちは手に負えないほどの人波によって、すでに弱体化している彼らのシステムに混乱を招いているからだ。毎回議論は白熱し、騒然となり、ときには手が出ることもある。

外国軍であるアメリカ軍やイギリス軍は、わたしのことを認識しない。同僚たちが特殊部隊の制服を着、はっきりとわかる記章をつけているなか、わたしは私服だからだ。また、皆はアサルトライフルやピストルを見えるように持っているが、わたしは武器をポロシャツのしたに隠している。そのためか、アメリカ人たちとわたしは緊迫したやりとりになり、彼らはシェイクスピア風にわたしをクソ野郎となじり、それに対してわたしはモリエール言葉で丁重にお返しする。それからというもの、話し合いのバランスを保ち平和におさめるだけのために、わたしは記章や道具、武器一式を公然と掲げるようにする。場所を占拠し、風景の仲間入りをするというのがわれわれの作戦だ。われわれがより目につくようになれば、アメリカ軍もイギリス軍もわれわれの存在を受け入れるようになるだろう。というわけで、そこから先はアビーゲートの水路沿いに集中し、それだけを四六時中行うことにする。

外国人兵士たちはわれわれを認識し、挨拶するようになる。なかには、〝フランス大使館〟や〝パリ歓迎〟などと英語で書かれた看板を掲げているフランスへの避難民がいるのを見つけると、遠くから呼びかけてくれる者もいる。避難民たちのなかには、フランス国旗の絵が付いている書類を見せている人たちもいる。そのほとんどは、ここ数年フランスの元国外協力派遣員たちが実施した教育プログラムの古い修了証書である。しかしわたしたちからすると、これは具体的な意味を持たない。悪臭を放つ水路の岸辺や蛇行のなかに滞留している何千人もの不幸な人びとのなかから、われわれの確定したリストに載っていて探している人を特定する手立てはなにもない。

大半の人はフランス語を話せないし、英語さえままならず、いくつか覚えている表現だけをなんとか叫び、注意を引こうと必死だ。

騒然としているなか、男たちがはきはきと「わたしはフランス人です！」と叫び、フランスのパスポートと思しき書類を差し出している。実際は、フランスで難民認定を受けた亡命希望者たちに配られた書類で、その一ページ目には、フランス国民用に書かれている〝パスポート〟ではなく、〝身分証明書兼旅行証明書〟と書かれている。中身は同じようだが、この書類の保持者は世界中どこでも旅行することができる、ただしアフガニスタンを除いて、と明記されている。実際、ときに何カ月もアジア大陸やヨーロッパ大陸を移動したのちにフランスやヨーロッパ各国に到着するアフガニスタン人たちは、あるひとつの基準によって亡命が認められる。すなわち、命が脅かされており、自国では大変危険な状態にあるという点だ。水路やその周辺にいる数十人の彼らはこの書類を振りかざし、法的・人道的規則に反していると知りながらも、フランスに面倒を見てもらう権利を激しく主張している。

近年、難民認定を受けたアフガニスタン人たちがアフガニスタンに戻って生活しているとの報告は幾度となく受けていた。その大半は、少額の助成金を得るだけのために数カ月だけ戻って来て、また去っていく。彼らを見つけ出すのは難しい。というのも、難民証書と一緒に、ドイツのボンにあるアフガニスタン領事館と共謀してアフガニスタンのパスポートも不法に入手しているからである。つまり、パキスタンやトルコを経由してアフガニスタンに来るときはアフガニスタンのパスポートを使い、元の大陸に戻るときにはヨーロッパの資格を提示するのだ。

いま、彼らは下水道にはまって苦悩を叫び、わたしたちが腕を差し出している人たちをフランス人じゃないからと平気で押しのける。そうして突き飛ばされた可哀そうな女性が、一歳にも満たない子供を手から放してしまった。その子供は真っ黒な水のなか、わたしの目の前に押し寄せる男女の数多の脚のなかに紛れて見えなくなる。わたしは岸で身をかがめ、頭をしたに、手をどろどろした水のなかに突っ込み、水路から子供を引き上げようとする。他のいくつもの手がわたしの手をつかみ、水の底へ引きずりこまれそうになったところで、兵士たちがわたしのベルトをつかんで岸へ上げてくれる。同じように必死になってくれた数人のアフガニスタン人たちが介入してくれたおかげで、群衆を押し戻し、子供を引き上げることができた。彼らは子供をわたしに渡し、同時に母親が低い石垣をよじ登るのも助けてあげ、わたしが彼女を受け止める。彼女たちのことは知らず、リストにも載っていないが、そんなことはどうでもいい。運命がふたりをそこに置いたのだ。彼女たちは助かった、いま大事なのはそれだけだ。

数人の亡命希望者と、かろうじて正式な証明書を保持していたアフガニスタン人たちがタレス村の集結所に連れていかれる。そこにいる大使は、国際コミュニティの責任者たちが日に何度も開く会議に出席していないときも、パリとの連絡や増えつづけるリストの問題の応対で、あいかわらず忙しくしている。

アーティストたちの救出

二〇二一年八月二十二日日曜日、カブール空港

困難がますます増える。数日前から迫っていたテロ攻撃の脅威が濃厚になっている。

作戦の実行を加速させなければならない。時間がない。アメリカ軍があと数日でここを引き上げるだろうとの噂が流れる。おそらく八月二十四日か二十五日あたりにアフガニスタンを去るようだ。

わたしたちは継続して、段ボールのプラカードを掲げていたり、単にA4の書類を持っていたりするアフガニスタン人たちを探し当てることに専念する。プラカードや書類には、身元や属している団体の名前、あるいはスポンサーになっている協会の名前が書かれている。なかにはわたしの氏名が書かれているものすらある。ところが、このようにして認識されることを誰もがすぐに察知して流用しはじめたので、アビーゲートの水路のエリアで偽のプラカードや証明書の出現を食い止めるために、われわれは戦略の変更を余儀なくされる。単発的には、アルファベットのスペルや布の色の違いが、探している人たちを見つけ出すための手掛かりとなる――ある日は赤

いスカーフ、プラカードにパリ・サンジェルマンFCのロゴや〝Ｍａｒｓ〔三月、火星〕〟の文字、またある日は黄色い布。

この日曜日、ここからそう遠くないところにいるはずのアーティストたちのグループの消息がわからなくなる。攻撃の危険のせいで通信網は飽和状態にあるか混乱しており、連絡をとるのが非常に難しくなっている。その日の夜も、いつもと同じように短かった。徹夜の埋め合わせに、強制的に一、二時間の休憩はとるようにする。この強迫的な仕事に肉体的にも精神的にも取り組めないような状態にならないよう、持ちこたえなければならないからだ。

その日の朝、わたしはひとりでル・バロンホテルへ通じるアビーゲートの道をぶらつく。このホテルの隣では、軍用空港への一切のアクセスを禁じるためにタリバーンがコンテナを使って巨大なバリケードを作っていた。多くのアフガニスタン人たちがそこで身動きが取れなくなっており、そのなかには通行許可証を持ったわれわれのリストに載っている人たちも十数人いる。そのうちのひとりがアフガニスタン人の人権活動家でありジャーナリストでもあるウラヌスで、彼女はとても活動的でタリバーンも含めてよく知られている。もしタリバーンが彼女を捕まえたら、生かしておかないだろう。彼女はかなり年老いた両親と一緒にいる。彼女がわたしの携帯に送ってきた写真だと見分けがつかなかったが、頭からつま先まで全身を覆った黒いニカブと、目を隠すための大きな色付き眼鏡で完全に彼女だとわかる。

ル・バロンホテルの警備責任者であるアフガニスタン出身のイギリス人アミールが、わたしを建物内に潜りこめるよう助けてくれる。彼とは前日にホテルの入り口の前で出会ったのだが、そこはイギリス軍によって防空壕化され、彼らの司令部となっている。彼はわたしの目となり耳となって助けてあげると申し出てくれた。その土地はイギリス軍だけではなく、とりわけタリバーンが支配下に置いており、数メートル離れた場所でコンテナのうえから恐怖を振りまいている。これらのコンテナが道路全体を遮っているため、反対側のタリバーン支配区域でなにが起きているのかまったく見ることができない。

自分の目で状況を確認するため、なんとかして高い場所を見つけなければならない。アミールがわたしをイギリス兵たちに紹介してくれ、彼らの観察地点、コンテナのすぐ近くにあるホテルの監視塔へ入れてもらう許可を得ることに成功する。だが残念ながら、その位置からは期待していたほどの視界が得られない。コンテナは意図的に町の視界を遮っている。

慎重に、わたしはタリバーンのエリアのほうへ行ってみる。フランス国旗をプリントアウトした紙を胸に貼りつけて、ホテルの外壁に隣接しているコンテナのひとつによじ登り、そこにいるパシュトゥーン族のタリバーンたちにわかってもらえるように願って、「シファラード　フランキア」と叫ぶ。

彼らに敵対的な様子はないが、カラシニコフをあらゆる方向に振り回しながら話す彼らのやり方に、すこし不快感を覚える。近づきながら、わたしは反対側をちょっと見たいんだという合図をする。彼らはわたしの言っていることを理解するが、融通を利かせてはくれず、頭を横に振って、このエリアから立ち去るよう武器で合図する。彼らの隣にはイギリス軍の制服を着た男が立っている。彼は英－アフガニスタンの通訳で、英国が探している人たちを通してもらえるよう交渉するためにそこにいる。西口のアルヴァラド基地の前でわたしがアメリカ兵たちを困らせていたように、彼にとってもわたしは邪魔な存在だ。彼は激しくわたしに言う――「ここにいてはいけません！　戻ってください！」しかしコンテナから十数メートルの距離に黒いニカブを着て大きな眼鏡をかけている女性がはっきりと見える。間違いない、ウラヌスだ。わたしは通訳係に彼女を指し示す。彼にひと言、彼女とその家族が障壁を越えてわたしのところへ来られるよう言ってもらえればいいだけなのだ。だが彼はわたしをじっと見るだけで行ってしまう……。

二百メートルほど離れたバリケードの前に置かれたタリバーンの検問所での状況が緊迫化してきたので、わたしは去るより他ない。自動小銃の銃声が響きわたり、叫び声やうめき声も聞こえてくる。なにが起きているのかは見えないが、タリバーンたちが強硬手段を用いて群衆を追い散らそうとしているのがわかる。数分後、ウラヌスからメッセージが届き、もう怖いので諦めて両親とともに家に帰ることにすると告げられる。

失敗だ。アーティストたちのグループも回収できなかったため、ふたつも失敗した。しかし、奔走しているあいだに、わたしはあちらこちらで運命が希望への道筋に置いてくれた人びとを拾ってきた。

わたしは水路のほうへとふたたび歩き出す。いまでは、この道は人であふれて真っ黒になっている。周辺だけでなく水路のなかにも人がたくさんいる。収拾がつかない状態になっている。人びとの群れは、導いてくれるはずの者たちに見捨てられたか見失われたかされ、孤独にさまよっている。このエリアにいるさまざまな国を通して、国際コミュニティは各自勝手な行動をとっている。出来事の規模に圧倒され、増えつづける人波に押し流されている。

水路に近づくと、ひとりの若い女性が掲げるプラカードが目につく。そこにはアフガニスタン人の名前が書かれており、それはフランスに住む作家で、フランスにアフガニスタン人作家たちを救ってくれるようにと名乗りをあげた人物である。わたしは彼女に合図をし、岸辺の筆舌に尽くしがたいほどの人混みをかきわけて、どうにか彼女の近くまでたどり着く。約二十人のイギリス兵が盾を手に、軍の警備線を突破しようとする避難民たちと戦っている。ひとりの将校がわたしを押し返し、離れるよう叫ぶ。彼らは事態のコントロールを失いつつあり、増援が到着して配置につけば、より強い行動に出なくてはいけなくなるだろう。つまり、威嚇射撃、催涙ガス手榴弾、警棒による殴打などである。わたしはきっぱりと英語で答える――「わたしはここで人びとを回収しなければならないんです。その人たちと一緒でなければ去りません」。彼は理解するが、懇願する。というのも、彼はいま現在そしてこれからの作戦を安全かつ完璧にこなすための脅威となっている、この密集した集団を押し返すことしかいまはできないからである。

アメリカ軍やイギリス軍がわれわれに言ってくることに、いよいよわたしの堪忍袋の緒が切れる。われわれがこんなにも苦労しながら任務を遂行しているなかで、彼らは自分たちのために任務を簡単にすることしか考えていない。わたしは自分の信念を貫き、若い将校との必然的なパワーバランスを確立する。彼は大きくないので、彼の部下たちや盾にもまれて紛れてしまい、そこからなかなか抜け出せなくなる。彼の顔は、他の兵士たちの大半がそうであるように、若々しい。わたし彼はまっすぐわたしの目を見てきて、わたしは彼の目に動揺が浮かんでいるのを見てとる。わたしは態度を和らげ、彼やその部下たちが遂行しなければならない仕事に同情の意を示しながら、こう告げる――「わたしだって、良心に従うより他ないんだ」

「何人探しているんですか?」と訊いてくる。ようやくわかり合えた。「二十人だ」と、わたしは数メートル先の、水路の両岸を結ぶ低い石垣のうえにいる一団を指さしながら答える。彼とその部下たちは連携した動きで通路を作ってくれ、その細い通路を例の若い女性が近親者たちも引きずり込みながら通ってくる。ひとりずつ、わたしは腕や袖、襟をつかんで、通路が閉まってしまう前に引きずり出す。突然、喧騒のなかで誰かがわたしの名前をくり返し叫んでいるのが聞こえる――「モハメッド・ビダ……**モハメッド・ビダ……!**」

わたしは目を凝らして周囲を見るが、なにも見えない。地面のうえに散乱した荷物のうえによじ登り、ようやくわたしを呼んでいる男を見つける。彼は背が高く、巨大で、あごひげをはやし、伝統衣装に身を包んでいる。ある朝大使館でわたしを激しく呼び止めたあの男だ。ロウラーだ。対岸で、頭上に英語で〝アーティスト〟と書かれた紙を掲げている。

わたしのなかで広がっていた悲観と落胆が一瞬にして消え去る。わたしのほうに来るようにロウラーに叫ぶが、実際こちらまで来るのはほぼ不可能である。彼とその仲間たちは全部で百人ほどいるし、おまけに警備線が閉じつつある。ロウラーとその一団はロードローラーのように道行くものをすべてなぎ倒しながらわたしのほうへ進んでくる。彼らは、幅がせいぜい二メートル強の低い石垣までたどり着く。すると突然、信じがたい乱闘がはじまり、ロウラーが頭を低く下げ、全力で自分と同じように国を去りたがっている男女を水のなかに押し込もうとする。まるでアトラスのようにロウラーは耐え抜き、盲目的に彼を追っていた約百人の人たちに障害を乗り越えさせてやる。

イギリス人将校が唖然としながら一人ひとり数えるなか、わたしはアーティストグループのメンバーを回収していく。彼はわたしに叫ぶ――「二十人どころじゃない、もっといますよ……！」わたしは微笑みながら答える――「ちゃんと聞こえていなかったんですね、百二十と言ったんです！」

わたしは彼らを集めて、果てしなく長い列をつくる。ほとんどの人は疲れ果て、力も尽き、立っているのにも息を整えるのにも必死である。なかには歓喜の涙を流す者もいて、抱擁を交わす者たちもいる。自分たちの成し遂げたこと、ついに救われたことがいまだに信じられないようだ。わたしは彼らを、同僚たちがここからすこし先に用意した駐車場へ、フランス国旗の掲げられたいわば前哨基地のような場所へ連れていく。わたしは大いに安堵し、興奮している。この人たちは皆、希望がどんどん薄れるなか、四日四晩空港の周りをさまよっていたのだ。数日前わたしを非難の的にしたロウラーが、今度はこれらの男女に拍手喝采を送られる相手にしてくれた。彼らはわたしを抱きしめ喜びを歌う。

この嬉しいニュースを大使に伝えると、彼もほっとする。彼は、タリバーンとの交渉の結果、アメリカとタリバーンとの間で合意した手順に従って、組織された輸送隊を民間側の空港に入場させることが許可されたと教えてくれる。これは願ってもない好機であり、空港までたどり着けなかった者たちや引き返さざるを得なかった者たちを探しに行くために、われわれはこのチャンスをつかまなければいけない。五十人のEUのアフガニスタン人職員たちはこれを利用し、そのうち空港で合流できるだろう。大使はわたしに、大使館から避難するときに使った一群のバスを使って輸送隊を組織するよう指示する。わたしはふたたび運転手たちと連絡をとり、この新しい仕事にやる気を出してもらうために、主に金銭面で、良い誘い文句を考えなければならない。

わたしは新しい通訳のカイスに、バスの運転手たちの監督者であるマハムードに連絡をとってもらうようお願いする。ワリがとうとうフランスへ戻ったので、数日前からこの若いアフガニスタン人軍人のカイスが彼の代わりとなってくれている。カイスは過去に、フランスで養成プログラムを受けている。彼は先週、アブダビ行きの最初の便で出発したが、彼と三人の仲間は、カブールに戻ってわれわれを助けたい、なにか役に立ちたいと言ってきたのだ。

ウラヌス作戦

二〇二一年八月二十三日月曜日～二十四日火曜日、カブール空港

大使館から最初に避難する際、マハムードは大いに役立ってくれた。彼は急遽雇われた個人バス運転手たちを完璧に誘導してくれた。彼に再度連絡をとると、彼はやる気を出してすぐに仕事にとりかかってくれる。

その翌日の二〇二一年八月二十三日月曜日から、バスはカブール内をばらばらに走り、夜間に秘密の場所、個別に連絡をとる人たちが目立つことなく集合する地点で合流する。この作戦は慎重にやらなければならない。タリバーンが課してきた条件を注意深く守らなければならないし、彼らがリストを調べ、身元を確認する危険性も高い。ジャーナリストのウラヌスもこの移動に加わっているし、彼女以外にも多かれ少なかれ身元が特定され、探されている人たちもたくさんいるだろう。

ストレスの多い一日になるだろう。他の日だってそうだが、この日は特に四百人の命をタリバーンに渡すことになる危険性があるため、なおさらである。タリバーンはわれわれの計画に騙さ

れてはいないが、少なくとも外見上だけでもわれわれが彼らの決めたルールを破らないかぎり、合意を尊重するだろう。彼らは移送する人びとの身元を知りたいとは要求してきておらず、正確な数だけ知りたがっている。それと、バスの運転手たちのリストも。その一方で、厳しいタイムスケジュールが課せられている。

十五台のバスはうまく街のなかで四方に散り、予定していた通り夜のあいだに合流する。しかし一部のバスがすぐに任務から外れてしまう。何人かの乗客が運転手たちに、カブールにいる自分の家族や友人たちを迎えに行ってほしいと言ってくるのだ。差し迫った状況のなか、わたしの指示とその願いとのあいだで揺れ、乗客も運転手もどうしていいかわからず途方に暮れる。監督者のマハムードも、この計画をまとめあげることができなくなり、街中で散らばったバスをコントロールするだけで精一杯である。結局、作戦延期の危機に追い込まれたことで悩んでいた人たちも理性を取り戻し、組織のなかに秩序らしきものが戻る。午前五時になる。バスは空港に入れる。だが、最後の試練が待ち受けている。

およそ八時間後になっても、乗客たちはいまだにバスのなかで待っており、バスのなかは耐えがたい暑さで息苦しいほどだ。バスは民間用空港の入り口まであと一キロのところで停まっている。すると突然、正午になるすこし前に、タリバーンとアメリカ軍がゴーサインを出す。大使は四百人の人を迎え引き受けるために、大きな施設を用意した。わたしたちは車に乗り込み、空港の滑走路を横切って反対側の民間用ターミナルへ行く。このエリアは人気がなく、先週起こった悲劇的な出来事の混沌の痕がいまだに残っている。窓ガラスが割れ、航空会社のオフィスが荒らされている。広告の旗だけが風にはためいているこの無人地帯には、重苦しい静寂が漂っている。

普段は大使館の車両がたくさん停まっているターミナル前の駐車場には、アメリカ軍が装甲車両のうしろで配置についている。彼らの正面、五十メートルほど離れたところにあるちいさなロータリーには、肩からカラシニコフをさげたタリバーンのグループが検問所を設置している。

リストを持ってわたしはカイスとふたりだけでアメリカ軍のほうへ向かう。上官らしき将校に話しかける。わたしが話を言い終わらないうちに彼は命令してくる──「装甲車のうしろで待っていてください！」彼はわたしに微笑みかけるが、彼のこわばった面持ちは、グループ内の緊張を隠しきれていない。なにしろ数十メートル先にタリバーンがいるのだ。つい昨日まで、互いに容赦なく戦っていた。それなのに今日になって、強制的に協力関係を即興で構築しなければならないなんて、まったく不自然である。

時間が経つが、いくら待ってもバスが来ない。待ち切れなさと不安が膨らむ。

もうすぐ十四時になるというのに、アメリカ軍は遅れている理由がわからないままで、そのうえ二時間前からマハムードが電話に出なくなっている。最後の手段で、わたしはジャーナリストのウラヌスに連絡をとってみることにする。計画通りなら、彼女は先頭のバスに乗っているはずだ。計画では、身元が確認されるリスクを減らすために、命の危険が高い人たちを分散させて乗せている。

彼女から返事がない。おそらくタリバーンがすぐ近くにいて、手に携帯電話を持っているのを気づかれる危険を冒せないのだろう。数秒後にわたしの携帯電話が震える。ウラヌスから一枚の写真が送られてくる。バスのなかに武器を持った男たちがいる――タリバーンだ……。写真はすこしぼやけていて、下のほうを映している。ウラヌスが黒いニカブの下に携帯電話を隠しながら撮ったのだろう。誰もなにが起きているのかわからないし、最悪の事態も起こり得る。

その数分後、アメリカ軍将校がわたしのほうへやって来る。彼は電話をしているところで、わたしに訊ねる――「バスに乗っているのは正確に何人ですか？」これは軽い質問ではない。タリバーンに正確な数を教えなければならない。なぜなら彼らがバスのなかにいるということは、一人ひとり乗客を数えているはずだから。今朝のバスの寄り道は大きな犠牲を払うかもしれない。きっと乗客が多すぎるのだろう。

わたしは曖昧に返事をしてみる――「十五台のバスに四百から四百五十人乗っている」。期待していたような正確な数をわたしが答えないので、彼はわたしをじっと見つめる。わたしはどうしようもないと眉をあげる。彼はただ「了解だ！」とだけ言って引き返していく。

ふたたび待ち時間がつづいているなか、突如わたしの携帯電話がまた震える。マハムードだ。わたしはどきどきしながら電話に出る。彼は叫ぶ――「バスを発車させていいことになりました。いま道の終わりと空港ターミナルの大きな看板が見えています！」

エンジンのうなる音が聞こえ、色とりどりのバスが次から次へとわたしの目の前のちいさなロータリーに入ってくる。タリバーンたちが不器用に交通整理をしようとしているが、その甲斐なく、運転手たちはわたしのほうへ直進する。腕木信号機のようにわたしは腕を振ってバスを駐車場へと誘導する。彼らは隣に停めたり後ろに停めたりと、カブールでは当たり前で日常茶飯事の無秩序さで詰め込んでいく。

わたしの同僚たちも加わり、急ぎバスから降りてくる人の波を誘導しようと試みる。乗客たちは巨大なスーツケースを引きずり、荷物や包みをいくつも抱えている。最小限にという指示に逆らっておそらく生活のすべてを詰め込んできたのだろう。だがどうして責めることなどできよう？　遠い見知らぬ土地に、どれくらいの期間かもわからずに行くのだ。

出来上がった行列のなかに、ウラヌスというか、黒いニカブを着て大きな眼鏡をかけている女性を見つける。わたしは彼女に近づき、自己紹介する。彼女はわたしに感謝し、無限の感謝のなかにわたしを入れてくれる。「タリバーンが乗ってきて数を数えはじめたときは本当に怖かったです……。彼らはわたしたちを降ろし、国外逃亡を図ったため逮捕すると脅してきました」。彼女は大いに安堵し、一緒に連れて来られた両親とともに出発する。

その翌日、彼女はアブダビ行きの飛行機のひとつに乗り込む。黒いニカブと大きな色付き眼鏡を外すことなく。

この日は予想外の成功をおさめて終わり、ふたたび、満員の飛行機は光へ向かって飛び立つ。新しいアフガニスタン・イスラム首長国の白地に黒いベールをかけた旗が無情にも広がっている蒙昧主義から逃れて。

アビーゲートの水路

二〇二一年八月二十五日水曜日、カブール空港

その翌日の早朝、いい機嫌は長くつづかない。絶望のメッセージは止まることを知らない。何百という要求がわたしの携帯電話にあふれている。空港に来てから一週間が経つ。疑念がよぎり、わたしたちのちいさなコミュニティには倦怠感が蔓延している。十日以上つづく緊張状態と短い夜のせいで、われわれは肉体的にも精神的にも疲労困憊だ。われわれの仲間のうち三人は、家族から心配されストレスで弱り果てたため、すでに出国した。わたしたちが安心させるためのメッセージを送ったとしても、絶えず報道番組ではそれと相反する映像が雪崩のように流れているなかで、どうやって不安のなかで暮らす家族たちを安心させることができようか？　わたしたちの任務の意義について疑問が生じる。われわれが救った人たちのなかで、本当に命の危険が迫っていたり、タリバーンに報復されたりする人たちはほんの一握りだ。しかしいま、国民のほぼ半数が、この場所では享受不能となった自由を夢見て逃げ出そうとしている。

これは果たしていつ終わるのだろう？　その疑問に対する答えは見つからず、いつもと同じ場

所へとわれわれを連れていく。人びとがあふれ、折り重なっているアビーゲートの水路だ。あの呪われた二〇二一年八月二十六日木曜日、不吉な運命がまさにこの場所に決めて、哀れな魂たちのなかで潜入した自爆テロリストが爆発するその日まで。

テロが起きる前日、外国人兵士たちの陣営で、ある種の熱狂が広まる。われわれの現場でも緊張が高まる。たしかにわれわれは終わりに近づいている。アメリカ軍が発表した出発の日は近い。あと二日、長くても三日だ。テロの脅威も常に人びとの心にあり、そしてその八月二十五日の水曜日には、奇妙な感覚を覚える。いつもと空気が違い、態度も異なる。水路のなかにいる人びとの目つきには恨みがこもっている。敵意が高まり、暴力もエスカレートし、わたしたちは探しに来た人びとを見つけるのがどんどん難しくなる。水路のほとりでは緊迫した状況になると同時に、警備体制に生じていた割れ目がいまではふさぎきれないほど大きく開いている。

八月二十五日の夜、わたしは同僚たちとともに基地に戻り、水路へ行くのをもうやめなければならないと大使に報告する決意をしていた。だがそんな時間はなかった。大使は他の大使たちとの会議を終えて戻って来て、大事な話があると言う。アメリカの諜報機関が、空港でテロの危険が迫っていると報告したのだ。イスラム国の自爆テロリストが別れの動画をインターネットで流していたのを発見したので、おそらく間違いはないだろう。諜報機関の公式な専門用語により、今回の脅威がまぎれもなく本物であるとわかる。空港でテロ攻撃が起こり得る唯一の場所は、アビーゲートの水路周辺である。大使はこれ以上その場所へはチームを送らないことを決定し、パリに連絡して、そのエリアでの作戦を延期しなければならないと伝える。

テロ

二〇二一年八月二十六日木曜日、カブール空港

八月二十六日、水路周辺へは行かなくなったことで、われわれは第二の作戦に集中し、はかり知れないバスの波が運んでくる人びとの回収に努める。

無視はできないマハムードの指揮のもと、午前四時から新たにおよそ二十台のバスが五百人以上の人を運んできている。もうわれわれも出発しなければならないため、なにが起きようと、これが最後の作戦になる。二十四時間以内にアメリカ軍が荷物をまとめるだろうから、われわれはなにがなんでもその前に出発していないといけない。

しかし、事態は複雑になっている。スペイン軍が四台のバスを連れてくるのに二十四時間近くかかった。われわれのバスは空港の入り口まで来ている。ところが、タリバーンの姿勢が硬化しているため、この計画の先行きが不確かになっている。時間が過ぎるが、夜までに五百人の人びとを回収できるようタリバーンが折れる様子はまったく見られない。

わたしは、マハムードの隣にいる検問所のタリバーンの責任者と電話で話してみるが、徒労に

終わる。彼はなにも聞こうとしないから無駄だ。決定はもっと上の、より偉い責任者によってなされているのだろう。そこでわたしは、あの信じがたい空港への脱出の日、大使館の前で出会った実用主義者のタリバーン責任者、アブドゥル・ラーマンのことを考える。数日前にも、彼に連絡をとろうと試みた。だが彼と話すことはできなかった。大統領府の秘書によると、彼は非常に忙しくて、手が空いていないとのことだった。

このときはまだ、ここ二日間フランスで話題になっているタリバーンの脱出者ナンギアライについての論争が勃発する前だった。この情報がカブールにいるタリバーンたちの耳に届いていないことを願う。しかし、何度も連絡を試みた末、やっとアブドゥル・ラーマンと話せることになっても、会話は短く終わる。彼は、もう連絡してこないでほしいと言ってくる。

もうすぐ十八時になり、夜になる。もうはっきりした、今夜は無理だ。五百人の人びとはおそらくバスのなかで一夜を過ごし、明朝の機会を待たなければならないだろう。考え事をしながら自分の部屋のほうへ歩いていると、激しい爆発が空気を切り裂き、コンテナを揺らす。サイレンが鳴り響き、拡声器から簡潔な警告のメッセージが流れると同時に、銃声やくぐもった爆発音が離陸時のジェットエンジンの音に混ざる。

わたしは落ち着いて防弾チョッキに腕を通し、重いヘルメットの位置を直す。わたしの動きは鈍く、五感はすべて警戒状態にある。煙の臭い、燃えさかる灰の臭いが、おなじみの灯油の臭いと混ざり合う。わたしは掩蔽壕へ向かう。この長さ二十メートルほどの細いトンネルのなかにはすでに多くの人がいて、着信音とバイブがコンサートのごとく鳴り響いている携帯電話に目が釘付けになっている。やがて静寂が訪れ、アビーゲートでテロが起きたことが確認される。

もののの数分でSNSは沸騰し、恐怖の画像が次々と流れ、アビーゲートの水路の黒い泥水に浮かぶ死体の画像で画面はいっぱいになる。岸では、死へと運命を導いた者たちの肉体しかもはや包んでいない色とりどりの衣服の切れ端が、有刺鉄線に沿って散乱している。

約二百人の死者と、同じくらいの負傷者を出した殺戮である。ダーイシュの地域支部、イスラム国ホラーサーンがすぐに犯行声明を出したこの攻撃の多数の犠牲者のなかには、女性や子供もいる。

アメリカは重い代償を払う——十三人のアメリカ人兵士が爆発によって殺害され、四十五人が負傷した。アメリカ軍だけが水路の周辺に残っていた。彼らはそうするより仕方がなかったのだ。自分たちの持ち場を放棄し、基地全体の安全を損なうことはできなかった。彼らは大いなる犠牲を払ったのだ。のちに、海兵隊員の若い女性も犠牲になったことがわかる。誰もが彼女のことを覚えている、制服を着て、銃を肩にかけながら、水路の周りを歩き回って子供たちに声をかけてあげていたあの姿を。わたしたちは皆、彼女の思いやりのある態度と、最も弱い者たちへの行動に心を動かされた。彼女の名前はニコール・ジー。二十三歳だった。

アメリカ軍とタリバーンは互いを非難し合う。新たなテロ攻撃の噂が広まり、空港周辺はパニックに陥る。

われわれは実行中の作戦を延期し、空港の前に足止めされている五百人の人びとにできるだけ早く逃げるよう頼む。われわれのメッセージを待つことなく、爆発直後にほとんどの人は逃げ、逃げそびれた人たちも、避難活動の終わりを告げる砲声を響かせながらエリア一帯を空にし、封鎖して回っていたタリバーンたちによって追い払われていた。

大使館代表団は忙しく動き回り、滑走路では、飛行機の足元に行列ができる。フランスからは、出国せよとも残れとも指示が出ていない。わたしたちは宙ぶらりんのまま決定がくだされるのを待っていたが、真夜中頃に二度目の爆発が起き、施設を揺るがす。ふたたびサイレンが鳴り響き、わたしたちは避難所に戻される。大混乱のなか、警告メッセージが新たな攻撃がひきつづき起こることを告げ、ロケット弾が発射される。

出国

二〇二一年八月二十七日夜

今度こそ手遅れだ、すべての民間人に避難命令が出た。避難対策や防衛任務担当の特殊部隊の兵士たちは、われわれの専門用語で言うところの〝店じまいをする〟ために現場に残る。彼らはすべての後方業務の資材をまとめ、機密機器や設備を破壊しなければならない。また、最後の避難民たちを避難させる任務も負う。最後のアメリカ兵が去るまでのこの二十四時間のあいだにフランスが避難民たちを回収しようと試みるものの、そのエリアはすでにタリバーンとアメリカ軍によって完全に閉鎖され、誰もなかに入れないことがわかる。

アフガニスタン人避難民を乗せた飛行機は、夜のあいだにフランスの空軍基地があるアラブ首長国連邦のアルダフラへ向けて飛び立たなければならない。わたしたちもその飛行機に乗る予定で、荷物をまとめて集合場所へ向かうまで数分しかない。

わたしはどさどさと身の回りの物をリュックサックに詰め込み、拳銃をつかんで施設の出口へと向かう。大使の周りにほぼすべての大使館職員が集まり、出発前最後の状況確認を行う。残って平然と任務をこなす軍人の仲間たちに敬意を表する。数時間後に彼らもわたしたちの後を追ってくるのはわかっているが、それでも若干悪い気がしてしまう。自分が現場を放棄し、アフガニスタンの人びとの運命を彼らに委ねてしまうような感覚に陥る。そろそろ手放し、最後に立ち去るのは自分ではないことを受け入れねばと自分に言い聞かせる。彼らはそのためにいるのであって、慣れているし、この種の作戦について訓練を受けて長けているのだ。

　わたしは滑走路へ向けて整列して進む行列に加わる。さまざまな国の色をした約一ダースの軍用飛行機が、エンジンをかけて待機している。わたしたちのと同じような列が夜のなか、サーチライトに照らされながら、機体後方の貨物室へ向かって静かに進む。わたしたちは、フランス軍のＣ１３０ハーキュリーズに乗り込む避難民たちの列に加わる。彼らはわたしたちをじろじろ見て、一緒にベンチシートに座ったり、機内の床に座ったりするときに礼を言ってくる者もいる。彼らはまだ気づいていないが、彼らはアフガニスタンの悲劇の悲嘆と不幸のなかから最後の瞬間に救い出されたのだ。

　アブダビまでの飛行時間はおよそ四時間半かかる。乗客たちは眠ったり、自撮り写真を撮ったり、携帯電話をじっと見つめたりしている。数人の子供たちがこの狭い軍用飛行機のなかで遊んでいるが、彼らののんきさがこの胸を引き裂くような数日の映像をつかの間忘れさせてくれる。疲れ果てているにもかかわらず、わたしは眠れず、いろんな出来事が頭のなかを駆け巡る。安堵とやり残した仕事の苦い味とのあいだで心が引き裂かれる。

　早朝、飛行機はアルダフラに到着する。暑さが厳しく、気温はおよそ四十度もあり、風が一切吹いていない。わたしたちは巨大な灰色の格納庫へと連れていかれ、幸いにもそこはクーラーが利いている。簡易ベッドがまっすぐな列に並べられている。フランスへ旅立つまでもう数時間待機する。それは非常に長く感じられる辛抱の時間で、またもやつい先ほどまで経験してきたことを反芻する。携帯電話の通信もインターネットもないなかで時間をつぶさなければならない。読み物さえない。

別の軍用飛行機がわたしたちを運んでくれる。スパルタ式の快適さが保障されているが、たとえそのなかで十二時間過ごそうと構わない。ようやく自分たちの国に帰れるのだ、自由の大地へ。

わたしの携帯電話はもう鳴ることも震えることもなくなる。画面を見ると、ワッツアップに五百八十という数字が書いてある。それだけの数のメッセージや電話にわたしは答えられなかったのだ。カブールの混沌のなかで過ごした十三日と十三夜のあいだに寄せられた何千もの連絡のうちで。

エピローグ

「魂に関わるあらゆる行動は、改悛や悲しみに終わる。そのことを認めなければならない」

ルネ・シャール、『図書館は燃え上がっている』

二〇二一年九月一日水曜日。帰国してからすでに三日が経つ。ようやく眠れるようになるが、それでもわたしの夜は不安定で断続的なままだ。あいかわらず跳び起きて心臓がバクバクする。

庭に座り、日が昇るのを見ながら熱いコーヒーを飲み終える。草花はピンクに彩られ、香りはますます強くなる。いつもとほとんど変わらない朝だ。安らぎと悲しみが入り混じった感情がわたしを包む。帰国してから称賛や数えきれないほどの慰めや同情のメッセージが寄せられるにもかかわらず、わたしはそれらから遠く離れているように感じる――わたしの一部がアビーゲートの水路の岸で立ち止まっているか迷子になっているようだ。あの最後の数日間で見た映像が絶えず頭のなかで再生される。まるでまだなにか忘れているかのように。まるで誰かを忘れていて、捜しつづけているかのように。

ツイッター上でわたしの写真が出回る。アビーゲートで起きたテロ現場の数メートル先の水路からひとりの女性を引き上げようとしているところだ。最初にＡＦＰ通信のジャーナリストがそれをとりあげ、つぎにダヴィド・マルティノン。そうして何人もの人に引き継がれていき、多くは肯定的な反応を得ている。このツイートで大使は非難を浴びる。彼は、最後の任務を終えたことに関して、ただわたしを称賛するつもりだった。けれどもSNSでは、辛辣なコメントをする困り者たちもいる。だがそんなことは気にしない、この写真が象徴するものはすばらしい。

わたしはいくつかの速報やニュースフィードを読んで、アフガニスタンの最新情報を追う。時間が経つ。もう前の仕事場である内務省へ行く時間だ。今日がわたしの最後の出勤日である——最後の章が終わるのだ。

この街にできたきらびやかな新駅舎のホームから、あいかわらず遅れて、あいかわらず人がいっぱいで、あいかわらず汚い電車の苦痛の旅に出る。自分へのご褒美に、何本か電車を見送った。遅刻だが、それがどうしたというのだ？　誰もわたしを待っていない。もう自分の机もなければ、やり残した仕事もない。ただ書類をいくつか書かなければならないだけだ。この長い一日をどうやって過ごせばいいのだろう。

一時間後、大きな刑事局と国際協力局のある、ナンテールのトロワ・フォンタノ通りに到着する。慣れ親しんだ顔を同じ場所、同じ時間に、同じ姿勢と表情で見かける——ぬるいコーヒーを飲んでいたり、ビルの暗いアーチのしたでたばこを吸ったりしている。この五年間、なにも変わっていないかのようだ。すこし白くなりはじめたこめかみと、疲れた顔と、増えた皺だけが時の経過を告げる。

自分が働く国際関係課の建物に入る。今夜ここを出るときには、国家警察における四十年のキャリアを完全に終えているのだ。

AFP通信のツイートが載せた写真が拡散して以来、マスコミがわたしを使うようになる。この日の朝も、フランスアンフォのサイトの記事にわたしの写真が出ていて、われわれが極限状態のなかどのようにしてアフガニスタン人たちを避難させたかについて書かれていた。この記事はSNSや編集部を駆け巡り、人びとはこの〝見知らぬ人〟が〝ひとりでタリバーンと交渉し〟、そのおかげで〝何百人もの命を救った〟ことを知ることになる。

この新たな名声とともに、自分の部署に入る。皆温かく迎えてくれ、抱擁を交わしてくれる。わたしの行動を称え、熱い握手をしてくる同僚たちもいる。誰もがフランスアンフォの記事を読んだようで、感嘆のコメントや熱烈な視線を送ってくる。

同僚のほとんどは分刻みでわれわれの作戦を追いかけ、すでに全容を把握していることを知る。わたしたちが任務を行っているとき、彼らもわれわれのために、われわれと一緒に震えていてくれたのだ。

彼らの尊敬と友情のあかしに心を動かされたが、わたしはどこか別の場所にいるような、外からすべてを見ているような気がしてならない。

あの武器の轟音と喧騒で過ごしたここ数週間のあとでは、この閑散としたオフィスでわたしのキャリア、警察人生を終えることは、なんだか現実とは思えない。わたしはこれらの視線の心地よさを知っている、名誉を知っている、つかの間の栄光を知っている。〝パリ警視庁〟の大きな扉を最後にもう一度くぐったら、物語の糸をまたぞろ巻き戻すだろうことも知っている。わたしの道のりには落とし穴がたくさんあり、それらの罠がわたしを前へと押し進めた、常に、けっして折れず、けっして倒れず。わたしは自分がいたかった場所にいる。それが、あの一九八〇年三月の晩、奈落の底に突き落とされ人生が転覆しかけた運命に対する答えだ。運命の皮肉は、最近夜に見る夢のなかでも綴られつづけている。わたしの物語が終わりを告げたのは、もうひとつの奈落、カブールのあの水路のほとりだった。

二〇二一年八月十七日から二十八日にかけて、フランスは千五人の子供、八百五十一人の女性、そして九百四十九人の男性、計二千八百五人の人びとを避難させた。

カブール空港、アビーゲートの水路、2021年8月25日。モハメッド・ビダ警視がアフガニスタン人女性の腕を引っ張り、避難させようとしている

訳者あとがき

本書は二〇二二年に刊行されたモハメッド・ビダのノンフィクション作品 *13 jours, 13 nuits Dans l'enfer de Kaboul* の全訳である。すでにマルタン・ブルブロン監督によって映画化も進んでいる。

本作品は、アフガニスタンのフランス大使館に勤めていた著者が、二〇二一年八月十五日にタリバーンがふたたび掌握したカブールから、どのようにして人びとを国外へ避難させたのかを描いている。大きくわけて三つの章から成り、序章では著者が赴任しはじめた二〇一六年から二〇二一年七月頃までのアフガニスタンの様子、第一章では二〇二一年八月上旬に避難民たちがフランス大使館に押し寄せ、そこから空港に向かうまでのおよそ二週間の様子、そして第二章では空港から国外へ脱出するまでの約十日間の様子が描かれている。

この作品の一番の特徴は、なんと言っても当事者の目を通して描かれているアフガニスタンという国の危険性、タリバーンの脅威、そして避難に至るまでのドラマの臨場感である。その場にいる者にしか味わうことのできない緊張や焦りや疲労、はたまた恐怖や絶望を我々読者もひしひしと感じることができるのは、ノンフィクションならではの醍醐味である。

また、ときおり挟まれている、アルジェリア出身である著者自身が幼少期および警察官になる前やなってからもフランスで受けてきた差別の場面は、メインテーマではないものの非常に印象深い。北アフリカなどからの移民の多いフランスにおいて、差別問題はいまなお非常に根深い。どれだけ努力しても生粋のフランス人と同じ扱いをしてもらえなかったビダは、作中でも、国外へ脱出さえすれば明るい未来が待っていると淡い希望を抱いているアフガニスタン人避難民たちを冷めた目で見ている。本作品を読んでいると、ところどころ著者が自身を誇るような箇所がある（この作品それ自体が自身の英雄物語と言える）が、それは実力があっても出自のせいで認めてくれなかった人びとへ向けられた皮肉なのかもしれない。

我々はアフガニスタンという国について、あるいはタリバーンについてどのくらい知っているだろうか。二〇〇一年九月十一日のアメリカ同時多発テロ事件を受けて、アメリカとその同盟国がタリバーンに対し空爆を開始してから、最初の数カ月は連日のようにニュースで取り上げられていたものの、次第に報道の数は減っていき、その後どうなっているのか、アフガニスタンに住む人びとはどのように暮らしているのかなどについてまで関心を寄せていた人はいったいどれくらいいただろう。二十年に及んだイラク戦争にいたっては、まだ続いているのかどうかも把握できていなかった人もたくさんいたのではないだろうか。テロリスト集団のいる国、戦争が起きている国、危ない国という漠然としたイメージは持っていても、作中に書かれているように、いまだに週一回の頻度でテロが起きていたり、移動するときも銃弾が飛んでこないか、車に爆弾が仕掛けられていないか常に警戒していなければならなかったり、レストランに行くにも皆が武器を携帯していたりと、そこまでの具体的な想像にはいたっていなかったのではないだろうか。少なくとも私は本作品を読み、アフガニスタンという国が抱える困難さを改めて思い知らされた。また、タリバーンについても、残虐非道で女性を抑圧する集団のイメージで語られるが、一口にタリバーンと言っても、様々な人びとで構成されていることがよくわかった。好戦的なイスラム原理主義者もいれば、本当は抜け出したいと思っているナンギアライのような人もいる。タリバーンは実際、多面性を持ち合わせている集団のようだ。

そもそもタリバーンは、軍閥と化したムジャヒディン各派が激しい抗争をくり広げ、それらの兵士たちが各地で暴行や略奪等の非道を働き、国が無秩序な内戦状態に陥っているなか、その悪化した治安を回復するために一九九四年に出現した。さらに遡れば、一九七八年に発足したタラキーの共産主義政権と一九七九年に始まるソ連軍侵攻による弾圧も相当ひどく、多くの国民が虐殺された。それらの勢力を退けたムジャヒディンが、今度は悪事を働くようになったというわけだ。そのようななか世直しをする目的で現れたタリバーンは、民衆に拍手喝采を送られた。同時多発テロ事件後、アメリカとその同盟国がタリバーンを追いやり、代わりに発足したカルザイ政権やその後の政府はどうだろうか。結局は、公正な選挙も行われず、麻薬王が麻薬対策副大臣を務め、高級官僚たちがビザ取得のための値段を吹っ掛けるような、汚職が蔓延している政府ばかりである。賄賂がものを言う世の中で、少なくともタリバーンはシャリーアと呼ばれるイスラム法に基づいて判断するため、賄賂を要求することはない。そうなると、作中で描かれているように、タリバーンに門戸を開き、彼らの旗を掲げて喜ぶ民衆がいても不思議ではない。ビダがチキン・ストリートで散歩をしていたときに出会った男性が、腐敗している現政府よりもタリバーンが政権を握っていたときのほうが飢えずに済むからましだと言っていたのも頷ける。ビダはその人の言葉を聞いて、やはりアフガニスタン人の思考は変わっていないのだと絶望しているが、変わらないのはむしろ、アフガニスタンの権力者たちなのではないだろうか。誰が権力を握ろうと、国民は苦しめられている。そしてそれはＦＸの言うように「いまにはじまったことじゃない」し、終わりも見えない。

タリバーンが復権して二年以上経ち、内戦が終わり治安は回復してきているものの、国連の統計によれば、国民の九十七パーセント以上が貧困ラインで生活しているそうだ。二〇二三年十月までアフガニスタンに駐在していた岡田隆前大使はインタビューのなかで、国民は貧しくなり、様々な生活の自由が奪われており、タリバーンは今のところ保守的な政策の傾向が強まっていると話している。しかしその一方で、「より緩やかな女性政策を導入することで、国内を安定させ国力を増すべき」、そして「国際社会との関係を改善すべきだ」という意見の指導者もいると見ている、とも語っている。アフガニスタンの治安が良くなり、国民が自由に安全に暮らせるようになるためには、二十年以上前にアメリカがしたようにタリバーンを殲滅させればいいだけの問題ではないことは明らかだ。アフガニスタンが内発的に発展するために他国ができることは、岡田前大使の言うように、対話を重ねることと人道支援をつづけることなのだろう。今後のタリバーン、そしてアフガニスタンとその周辺各国の動向を見守っていきたい。

最後に、この本をご紹介くださった吉見世津さん、質問や相談に親切にお答えくださった編集者の山本純也さんにお礼を申し上げます。どうもありがとうございました。

岩坂悦子

カブール、最悪《さいあく》の13日間《にちかん》

2024年4月20日　初版印刷
2024年4月25日　初版発行

*

著　者　モハメッド・ビダ
訳　者　岩《いわ》坂《さか》悦《えつ》子《こ》
発行者　早　川　　浩

*

印刷所　精文堂印刷株式会社
製本所　大口製本印刷株式会社

*

発行所　株式会社　早川書房
東京都千代田区神田多町2－2
電話　03-3252-3111
振替　00160-3-47799
https://www.hayakawa-online.co.jp
定価はカバーに表示してあります
ISBN978-4-15-210326-0　C0031
Printed and bound in Japan
乱丁・落丁本は小社制作部宛お送り下さい。
送料小社負担にてお取りかえいたします。